KB213050

개   마   고   지

개 마 고 지

박원선 장편소설

두루

주요 등장인물

S# 1.

"야! 너 뭐야, 네가 뭔데 방해하고 난리야!"

"누구 허락을 받고 여기서 기자회견을 해!"

"내가 다 얘기해 놨어, ○○○ 의원님이 하라고 했단 말이야!"

"듣지도 못했는데 언제 허락을 받았다고! 얘들아 저 탁자부터 치워!"

"나 방회장이야, 너희들 나한테 이럴 수 있어?"

"방회장? 아 그 유명한 방회장? 방망인지 뭔지 그 이상한 단체 회장?"

"너 지금 남의 이름 갖고 장난질이야! 너 명예훼손으로 고소할 테니 두고 봐! 그리고 내 이름은 방망이가 아니라 정확히 방망휘야! 바랄 망(望), 빛날 휘(輝)!"

"고소해! 하나도 안 무서워, 그깟 고소 개나 소나 다 해대는 판국에!"

젊지도 그렇다고 아주 늙지도 않은 늙은이들이 교회 단상 같은 테이블을 붙잡고 내놓는다 못 내놓는다 씨름을 하고 있다. 그때 갑자기 우렁찬 목소리가 들리더니 잘 차려입은 아주머니가 나타나서 몇 몇 대학생 자식을 뒀음직한 남자들의 등짝을 때리며 소리를 질렀다.

"이 무슨 소란이야! 여기서 뭣들하는 짓이야 도대체!"
"아이구 의원님, 저, 저 사람이 우리한테 행패를 부려요. 뭐든 할 수 있다고 해놓고 이제 와서…… 흑흑……"
"아, 의원님, 그게 아닙니다. 저 사람들이 갑자기 들이닥쳐서……"
"야, 그 입 닥쳐! 내가 하라고 했는데 뭔 말이야! 너희들 여기서 다 나가!"
"아이구 의원님, 저 사람들이 똥 싸러 갈 때랑 똥 싸고 나올 때 말이 달라요. 흑흑흑, 의원님 안 오셨으면 저희는 억울해서…… 흑흑흑"

'전국다듬이연합회' 회장 방망휘는 ○○○ 여성의원의

팔을 붙잡고 하소연을 했다. 말도 안 되는 사람들을 밤낮으로 모으고, 말도 안 되는 돈을 모으고, 말도 안 되는 댓글놀이를 하고, 말도 안 되는 수행자 아니 수행원 역할을 왜 했겠는가. 말도 안 되는 정치인들을 도와 그 정치인들을 밀어 올리는, 이 말도 안 되는 행동은 자신의 뒷배를 봐달라는 이유 외에 있을 것이 없다. 그러나 방망휘는 욕심이 없다고 스스로 생각한다. 자신은 오직 전국다듬이연합회의 무궁한 발전을 위해 헌신하고 봉사하는 사람이라고 매일 이야기하고 다닌다. 그 이야기 횟수가 거듭될수록 마치 돌상에 매일 절을 하면 돌상이 신이 된다고 믿는 효과를 그녀 스스로 만들고 있다.

전국다듬이연합회는 다듬이돌을 상징 로고로 쓰고 있다. 미숙한 것, 반듯하지 못한 것들을 가다듬어 쓸모 있는 완제품을 만든다는 기치로 세워진 단체라는데 지금은 아무도 그 단체를 그렇게 생각하지 않는다. 전국다듬이연합회는 전국 석산 채굴 채집과 돌상 돌도끼 돌솥에 이르기까지 돌로 만드는 모든 사업에 관여하고 있으며 정치권에서는 스스로 알아서 돌 관련 사업에 자문을 위탁하고 있다. 이제 방회장은 이름 꽤나 들었음직한 정치인들의 정치적 등판에 혁혁한 공을 세운 것으로 자부심을 가지고 있다. 이 연합회

회장이 된 지도 어언 10년. 그동안 방망휘는 정말 미친 듯이 뛰었다. 돈도 되지 않는 이 자그마한 단체를 국민은 잘 몰라도 국회에선 모두가 아는 단체로 키우기 위해. 이 단체는 그녀에게 삶의 전부였다. 14년 전, 그녀의 남편은 오입질 끝에 가정을 파탄 냈고 상간녀에게 재산까지 털리면서 자식까지 잃었다. 그녀는 86, 88 올림픽 꿈나무 세대로 국가가, 학교가, 부모가 시키는 대로 말 잘 듣는 대한민국 일원으로 살았다. 조국의 발전에 충실한 나사 역할을 했는지는 모르겠으나 대체로 말 잘 듣는 사람의 특징인 위기 대처 능력이 매우 낮은 수준이었다. 국가가 사회가 부모가 괜찮아하는 옷을 입은, 정부 말 잘 듣던 남편은 말 안 듣고 살아온 상간녀에게 빠져 갱년기 탈출을 외치며 가출했다.

이혼과 맞닥뜨린 방망휘를 위로해 줄 사람은 아무도 없었다. 산업 역군답게 결과와 성과 중심주의로 자식을 키웠던 그녀의 늙은 부모는 이혼한 불효막심한 자식이라며 부끄러워했고 행여나 자신 주변의 고관대작들이 알까 노심초사하며 그녀와의 만남을 꺼려했다. 그들의 사위, 그러니까 방망휘의 남편은 사회적 옷이 꽤 괜찮아 세상적인 로비로 활용하기 좋은 인물이었다. 따라서 여전히 활용가치가 있는 사위는 사위 자리에 대외적 인식으로 위치하고 있어야 했다. 매우 돈이 많은 형제들도 혹여 자신들에게 손을 벌릴까 갑자기 온갖 가짜 바쁜 일들로 나름 바쁜 사람들이 되었다. 방망휘는 어쨌거나 자신들과 피를 나눈 형제이니 사회적 이목 때문에라도 아주 안 도와줄 수 없는 입장이기 때문이었다. 그들은 청탁이든 부탁이든 의탁이든 '탁'은 다 거부하는 사람들이었다. '탁' 없는 삶을 위해 '없어 보이는' 삶을 선택한 인간들이다. 때로는 일가친척이 남보다 못하다.

경제개발 4차5개년 계획의 역군들은 아파도 안 됐고, 86, 88 꿈나무들은 실패란 곧 노메달 인생인 것이었다. 위로가 절실해서 찾았던 종교단체도 처음엔 그럴듯한 모습으로 환영해주는 듯 보였으나 결국 원하는 것은 거액의 건축 헌금이었다. 그들은 방망휘의 슬픔보다 자신들이 결코 누려보지 못했던 그녀의 환경에 놀라며 그녀의 이혼과 파산을 즐기고 있었다. 하나님은 공평하시다는 말씀을 전달한다는 미명하에. 많은 것을 가져도 결국 예수를 믿지 않으면 다 털리니 얼른얼른 교회에 자진 납세해서 복을 받자는 내용이었다.

방망휘는 싸움이 있는 곳에는 어디든 갔다. 그곳이 자

신의 위안처요, 해우소였다. 분노 한번 표출하지 못하고 막 떠난 기차 보내 듯 상간녀를 보낼 수밖에 없었던 무기력함과 같은 거룩한 말로 세속적인 욕망을 잘도 탈취해내는 인간들에게 속은 자신의 어리석음을 풀 수 있는 곳이었다. 그곳엔 억울함이 있었고 그곳엔 미움과 증오가 있었다. 알 수 없는 연대의식이 그녀를 동지로 만들었다. 그리고 그 몰입감이 그녀를 전국방망이연합회 회장이 되게 하는 에너지가 되었다. 정막 외엔 그녀를 맞이해 줄 것 없는 집에선 형용하기 어려운 허탈감이 밀려왔지만 그녀는 그때마다 자신을 잔인하게 버리고 나간 남편을 떠올리며 더 격하고 강하게 살아보리라 다짐했다. 정치인들이 차마 하지 못하는 말과 행동을 그들의 입과 손이 되어 행동대장을 자처했다. 그것은 그녀에게 위선과 허울에 치중한 자신의 가족과 과거로부터 격리되는 성취감을 안겨 주었다. 위선보다는 위악이 낫다는 것이 그녀가 만들어낸 궤변이었다.

정치인들이 아름아름 찾아오고 인사를 하게 하는 단체로 만들어 놓자 이젠 그녀의 정치적 행보를 막으려는 반대 세력들도 생겨났다. 항간에는 그녀의 어투로 보나 하는 행동으로 보나 분명 고학력자가 아닐 거라는 소문과 그녀의 거친 입담으로 한때는 밤의 세계를 호령했다는 낭설이 떠돌기도 했다. 그 누구도 그녀가 젊은 날 선량한 학생이었고 고운 아가씨였으며 성실한 직장인이었고 평범한 가정 주부였다는 사실을 알지 못했다. 알려고도 하지 않았고 그들에겐 그 사실이 사실일 필요도 없었기 때문에 그 소문은 날개를 달고 떠돌아 다녔다. 이제 그녀는 소문과 낭설을 무기 삼아 살아가기로 했다. 마치 처음부터 드세고 막 살던 사람처럼. 달려들기만 해봐라 물어뜯을 테니, 이것의 그녀의 최종적 심경이었다.

지난 선거 때 쪽잠을 자며 몇 개의 연합회가 모여 ✪✪✪의 당선을 도왔다. 그 중의 하나인 한국댓돌연합회는 같은 돌들의 모임으로 국민들 눈에는 다듬이연합회와 함께 녹색과 초록색 같은 동색으로 비춰지는 존재였는데 이제 선거가 끝나니 지분 싸움이 본격화 된 모양새였다. 누가 제일 먼저 국회에서 기자회견이라는 삽바를 쥐느냐 하는 것으로 존재감을 드러내는 게임이 시작된 것이다. 친✪, 진✪, 진진✪, 골수✪, 참✪…… 등등의 별칭으로 모두 ✪✪✪의 최측근임을 강조했다. 둥글게 둥글게 노래를 부르며 링가링가링 춤을 추며 미친 듯이 선거라는 춤을 추었지만 춤의 목적은 결국 한정된 자리싸움이었다. 한국댓돌연합회가 방회장 단체를 날리느냐 못 날리느냐의 문제가 아니었다. 결국 ✪✪✪의 마음이 어디로 갈 것이며 어떻게 움직일 거냐 하는 것이 문제인데 연합회들은 한정된 자리의 문제로 인식하고 싸울 뿐이었다. 넘쳐나는 남의 돈, 즉 세금으로 그 세금을 낸 사람들이 미처 알 수도 없는 자리를 만드는 것은 오직 ✪✪✪ 뿐이다. 연합회 따위로는 어찌할 재간이 없다.

이제 얼마 안 있으면 전국 연합회 중의 연합회, 속칭 연연회의 최고 수장을 뽑는 선거가 있다. 자리에 연연하지 않고 오직 일과 국민만 바라보겠다고 나오는 꾼들의 전쟁에서 이기기 위해선 또 다시 연합을 해야만 한다. 그런데 이 전쟁은 동종 업종과의 합종연횡이 불가하다. 연합은 경쟁 연합회를 뺀 나머지가 그 대상이다. 짬뽕 집 옆에 누가 짬뽕 집을 또 차리겠나. 주식회사 당장(當場)에서 연락이 왔다. 홍보 총괄 본부장이라 했고 이번 ✪✪✪의 공약에 있는 프로젝트에 참여가 가능한 회사였다. 그쪽에서 방회장을 돕는다면 ✪✪✪ 후원회 모임에서 강력하게 거론해 줄 수도 있다. 지난 번 정부가 추진했던 프로젝트에서 탈락한 석산연구소에서도 연락이 왔다. 방회장은 배찬성 국장을 불렀다.

명함에는 DNA가 있다. 머릿속으로 그리는 표식 같은 이름표라고나 할까. 그 명함에 뭐라도 넣기 위해 분유 먹던 힘까지 짜내며 살고 있다. 이런 자리가 정말 있나 찾아보면 정말 없는 단체와 자리도 있고, 단체는 존재하는데 그런 명칭의 직함이 없는 곳도 있고, 그도 저도 아니면 찢어도 찢기지 않고 물에도 퍼지지 않는 금박무늬 명함이라도 만든다. 누가 봐도 다 아는 곳에 버젓이 근무하는 사람이 명함을 마구 내놓는 경우는 거의 드물다. 그들은 명함이 필요 없고 몇 초도 안 걸리는 구두 인사가 훨씬 강력하다. 물론 허위 사실을 유포해 뒷조사가 필요한 경우도 허다하다. 명함 좋아하는 사회에서 배찬성은 명함이 필요했다. 그는 전국다듬이연합회에서 방망휘 회장과 막역한 사이처럼 보인다.

세상이 당연한 명세서처럼 요구하는 그 어떤 스펙도 없지만 그는 세상 그 누구보다 큰 야망이 있다. 그의 롤모델은 전 ✿✿✿ 대통령과 막역한 사이로 의전 담당을 맡았던 ✐✐✐이다. 방회장이 대통령 감도 아니고 대통령과 막연한 사이지만 그래도 반대 많은 세상에서 긍정적으로 뭐든 해봅시다를 외치는 배찬성 국장은 방회장이 유일하게 믿는 최측근이다.

"저희가 이번에 새로운 일을 계획하고 있는데 자문이 필요해서요."

"제가 뭘 잘 알아야 말이지요. 그러나 본부장님이 직접 오셨으니 열심히 살펴보겠습니다. 그나저나 그 대하라는 작자 때문에 제가 더 도와 드릴 수 있는 걸 못했습니다."

"아, 반회장 말씀이십니까? 저희도 그분 처조카 회사 때문에 좀 난감했습니다……"

"네, 그 댓돌연합회 반대하 회장…… 반대를 위한 반대, 금지를 위한 금지 같다고나 할까요."

"그쪽 장모가 주가 조작으로 이번에 좀 시끄러운 것 같던데 회장님 알고 계십니까?"

"얘기를 듣긴 들었는데…… 나름 자료도 좀 찾아봤습니다. 배국장, 배국자앙, 지난 번 얘기했던 자료 좀 가지고 와 봐요."

"어, 역시 회장님은 듣던 대로 철저하십니다. 저희 회사도 좀 살펴주십시오"

"제가 뭐 하는 게 있나요, 다 기사가 나가니까 그 덕이지요. 국민들이야, 기사를 믿지 우리를 믿습니까? 하하."

"아, 참, 방회장님, 지난 양평에서 뵐 때 해송이 좀 상한 것 같던데 저희가 조경 업체에 얘기해서 살짝 치료도 하고 모양새도 좀 빛깔나게 하겠습니다. 해송의 가치야 아는 사람은 다 아는 거 아니겠습니까."

주식회사 당장의 홍보 총괄 본부장 피기만은 뜬금없이 방회장의 양평 별장 얘기를 꺼냈다. 노래방까지 갖춰진 전원주택이었다. 음반 스튜디오처럼 방음 시설이 완비되어 있었고 전구가 번쩍번쩍 돌아가는 무대도 잘 갖추어져 있었다. 입구에 '방음시설 완비, 차량 항시 대기'라고 붙여놔도 손색이 없을 것 같았다. 그러나 그런 팻말이나 간판은 없었다. 아는 사람은 다 아는 방회장 아지트였다. 들리는 소문에 의하면 그녀의 막강한 아버지가 불쌍한 딸에게 주었다는 설이 있다. 전 남편이 넘겨준 것이라는 설도 있었고 그녀가 모 의원과 막역한 사이라 공동으로 쓰려고 마련한 집이라는 설까지 별의별 이야기가 항간에 날아다니는 집이었다.

누가 전원주택을 험담하는가. 전원주택이야말로 정말 가치 있는 집이다. 멍청한 부동산들이나 헐값으로 홍보하지. 전원주택으로 인해 파생되는 효과가 의외로 많다. 조경업체, 해충방제업체, 벽난로 업체, 태양광 업체, 특급 배달업체까지…… 피기만은 이런 일들을 하면서 정치 바닥에 저런 집들을 가진 사람들이 의외로 많다는 것을 알았다. 양평에만 국한된 것도 아니었다. 전국 단위로 볼 때 고루 퍼져 있긴 하지만 역시 수도권이 제일 많았다. 피기만은 주식회사 당장의 초강력 초특급 울트라 왕회장의 지시로 조경업체와 결탁해 그들 마당에 있는 비싼 조경수를 손봐주고 나무들을 갈아 끼워주는 일들을 해 주었다. '행복'을 주는 나무가 아니라 '전시'를 하는 나무였다. 뭐, 전시가 행복일 수도 있겠다. 내면의 만족이 뭔 소용인가. 저들의 행복 기준은 다를 테니까. 결과적으로 전시 효과를 극대화하는 것이 더 많은 이득을 가져다주었다.

풀이고 나무고 지천으로 널린 시골에서 자랐던 그는 나무 값이 그렇게 비싼 줄 몰랐다. 아니 천차만별이었다. 그리고 세상 그 어떤 물건보다 가격과 기준이 맘대로 책정될 수 있는 것이 나무라는 것도 처음 알았다. 근원 직경이니 흉고 직경이니 수형이니 하는 기준이 아예 없는 것은 아니었지만 그게 성장하는 물건이다 보니 나중에 어떻게 자랄 것인가에 대해 책임을 떠넘길 여지가 매우 큰 것이었다. 거기엔 토질의 상황도 포함되었다. 당장은 멀쩡한데 데려다 키우면 금방 죽어버리는 시골 장터 병아리 같은 나무가 태반이었다. 안 죽는 병아리는 오직 장사꾼만 안다. 나무도 그런 경우가 많았다. 다른 분야는 지속적으로 새로운 기준과 검시의 장치가 생겨났지만 조경만큼은 여전히 느

슨했다. 아파트에서도, 각종 건축과 도로, 공원 분야에서도 떼어먹기 쉽고 감시가 적은 것이 조경이었다. 이의나 항의가 적었고 또 대체로 참아주는 분위기도 있었다. 산이 많고 나무가 널린 나라라 국민들 관심이 상대적으로 덜한 까닭이기도 했다. 피기만 본부장이랑 연결된 조경업체는 시청 조경 공사 수주를 따냈다. 이제 피기만 본부장이 부탁하는 곳, 더 정확히 말하자면 왕회장이 부탁하는 곳의 조경은 특별히 더 신경 쓸 테니 방회장 양평집 소나무는 새 것으로 변신할 것이다. 피기만 본부장은 남의 손으로 코 풀지 않고 남의 손으로 생색을 내게 됐다. 하긴 조경업체도 어딘가에서 남의 손으로 생색낼 궁리가 있을 테니 어차피 피장파장이다. 대한민국 만세다.

옛날처럼 적은 수의 매체에 많은 광고가 거의 고정적으로 왕창 붙어 미디어가 움직일 땐 언론사 운영이 안정적이었다. 그 시절 기자는 철밥통 공무원이요 사회적 교사라는 역할까지 할 수 있었다. 냉장고를 사니 살만했고 아파트를 마련하니 행복했다. 자가용까지 생기니 자부심도 장착됐다. 그러나 요즘 세상에 그까짓 게 뭐란 말인가. 이 놀라운 선진국에서 필요한 게 얼마나 많은데. 너무 많은 매스컴 홍수에서 광고도 그렇고 회사 운용도 그렇고 기자들은 그들의 가치로 보면 세상이 살 만하지 않다. 기사를 쓸 마음이 들지 않는다. 그들의 손가락에 힘을 주는 것은 무엇인가. 이제 기사는 공정하지 않고 극단적 앵커는 공천의 지름길이다. 방회장은 주식회사 당장 덕분에 기자들과의 친분, 그들을 위한 금전적 봉사활동에 더욱 박차를 가할 수 있을 것 같다. 당장(當場)의 사장이 방회장 같은 사람들을 만나지 않는 것이 회사 직원들이 더 누리고 소비자가 더 저렴하게 구입할 수도 있는 기회가 된다지만 그게 무슨 상관인가. 기자도 대한민국 국민인데 크게 보면 국민이 혜택을 보는 자금인 것을. 단지 자금 흐름의 번지수가 좀 바뀌었다 뿐이지. 방회장 자신은 사심 없이 단체를 이끌고 있는 사람인 것이다.

세상에 놀라운 건 신의 섭리가 아니다. 세상을 바꾸는 건 사랑이 아니다. 바르게 살자고 외쳐봤자 소용없다. 또 도대체 바르다는 기준은 뭔가. 세상 놀라운 건 가난뱅이 한국이 돈이 많아졌다는 사실이다. 국가 발전의 역군이었던 남편을 바꾼 건 사랑이 아닌 상간녀의 이기심이고, 나는 옳고 너는 그르다는 미디어의 외침은 편 가르기 용이다. 이러한 세상에서 자살 방지를 해야 한다면 오직 돈과 권력이 그 대안이 될 거라 방망휘는 확신하고 있다. 어차피 혼자 살 수 없는 세상이다. 산 속에 들어간들 혼자 잘 살 수 있으랴.

추위를 견뎌낼 연료도 필요하고 더위에 기승을 부리는 해충을 쫓아낼 에프킬러도 필요하고 전기도 물도 다 혼자서 만들 수 없다. 그렇다면? 가장 좋은 든든한 친구는 돈 아니겠는가. 돈은 권력에서 나온다. 국가의 권력은 국민이 하기 싫다고 해도 강제할 수 있는 힘인데 이게 묘하게 종교 단체와 일맥상통한다. 헌금 내고 목사한테 설교로 포장된 야단을 맞고, 피 같은 세금을 내고 그 사용처를 물으면 국가 권력에 대항하는 괘씸한 놈이 되는 원리가 묘하게 연결된다. 뭐 주고 뺨 맞는 원리라고나 할까……

연연회에서 임기를 다 채우지 못하고 쫓겨나 공석이 된 회장 자리는 이번에 반드시 방망휘가 앉아야 하는 자리인 것이다. 연연회가 생긴 이래 딱 한 명을 빼곤 다 중간에 물러났다. 그 딱 한명은 누가 봐도 오늘 내일 오늘 내일 하는 시체 같은 할아버지였다. 양쪽 진영에서 머리통이 터지도록 싸우다가 휴전하는 셈치고 앉혀놓은 사람이었다. 고래싸움에 덕 보는 새우도 있다.

연연회 회장 자리는 이득이 많은 자리였다. 평소 땐 전원 꺼진 모니터처럼 존재감이 없다가 그 자리에 회장이 되어 앉으면 화면이 활성화되는 효과가 있었다. 광고도 붙고 음악도 나오고. 알뜰살뜰 살아보라고 무료로 존재감을 알려주는 고마운 친구 같은 자리였다. 국회만큼은 아니더라도 좋은 자리인 것만큼은 분명하다. 젊은이도 취직하기 어렵고 중 장년은 눈치보다 쫓겨나는 세상에 오직 한 군데, 환갑도 청년 대접 받는 곳이 국회다. 그래서 그런지 요즘은 취업 1지망 자리인 것 같다. 다들 국회의원 자리를 대의명분으로 구하지 않고 취업 목적으로 구하다 보니 좀 가뿐해진 느낌도 들고 누구나 두드릴 수 있는 헐거운 싸리문 같기도 하다. 물론 표 얻으러 나올 땐 권력 취준생이라고 대놓고 말하진 않는 것 같다.

늙거나 젊거나 간에. 허울 좋은 민생이 무슨 의미인가. 결국 국민들은 다작을 하는 배우를 보듯 아는 얼굴 찍어주자는 심정으로 투표를 하는데. 과거 가요 탑10에서 인기투표하듯 그런 마음으로 투표를 하는 것 같기도 하다. 자기 마누라나 태우고 다니면 딱 맞을 2종 보통 운전면허소지자에게 보잉기 운전시키는 것과 똑같다. 역량 없고 정책 모르는 자에게 국정 운영이라니. 사우나 들어갔다 나와서 마시는 사이다도 아니고 육두문자에 근접한 사이다 발언만 하면 갑자기 인기가 급상승하는 게 한국 정치다. 입이 시원하다고 정책이 시원한 것 같진 않다. 대한민국 정치에 품격이라는 것이 사라진지 이미 오래전이다.

정치인이 정책이나 국민의 삶이 나아지는 것에 관심을

갖는 것은 비효율적인 것이다. 방망휘는 본인보다 못한 스펙으로도 국회의원이 되고 전문 지식 하나 없어도 내시와 무수리의 자세를 장착하고 권력의 줄을 잡아 의원이 된 동창들을 보면서 자신감을 얻었다. 하긴 오래전 고등학교 시절 거의 끝에서 성적 돌리기 하던 재벌 집 딸이 모 여대 조소과에 합격했다. 그리고 그 여대 출신 재원이라며 또 모 재벌 집 며느리로 시집을 갔다. 그땐 조소할 일이라고 비웃었지만 지금의 국회도 별반 다르지 않아 보이니 도전해 볼 의욕이 생겼다. 과거엔 저런 분들이 하는데 감히 내가? 에서 지금은 쟤도 하는데 나도 한 번? 하는 시대가 왔으니 아아, 민주주의 대한민국이여……

말이 연구소지 석산연구소는 돌 연구보다 연합회들의 동향과 선거에 필요한 여론 조사, 더 정확히 말하자면 여론 조작에 능한 곳이다. 이 연구소는 인물을 간보고 그들의 재정 상태를 파악하며 과거의 이력을 추적하는 역할을 한다. 방망휘가 뭘 모르는 국가의 성실한 납세자로 살 땐 연구소가 연구하는 곳이지 연구 외의 일들을 하는 곳이라고는 생각하지 못했다. 그녀가 아는 연구소는 서울대 규장각 같은 곳인 줄로만 알았었다. 그러나 대한민국 대다수 분쟁 있는 곳의 상황은 연구소를 연구하도록 세우지는 않는 것 같았다. 전투에 승리가 답이듯 그곳은 답을 도출해 내도록 그들이 원하는 답을 만드는 장소였다. 인터넷 세상은 과거 지면이 지배하던 세상과는 확연히 달랐다. 활자로 인쇄된 글만이 힘을 갖던 시대와 달리 누구나 미디어 권력자가 될 수 있었다. 여론은 조사하는 것이 아니라 만드는 것이 되었고 신빙성이 없거나 조작을 한들 별 법적 제재도 가해지지 않으므로 연구소의 능력에 따라 선거 결과가 바뀔 여지가 컸다.

대세가 되면 사람들이 대세인 기차가 출발할 거라 믿게 되고 플랫폼에 서 있던 사람들도 갑자기 서둘러 그 기차를 타기 위해 달려가는 군중심리를 그들은 잘 알고 있었다. 그래서 가지도 못할 기차를 출발시키기도 하고 모든 점검이 끝난 기차가 선로에 멈춰서 녹슬게 되기도 한다. 플랫폼에 서 있는 사람들에게 이 사실을 알려야 할 매스컴은 자신에게 공짜 티켓을 누가 줄 것인지, 특등석에 앉을 수는 있는지, 도착하면 어떤 먹거리가 있는지에 더 관심이 많은 상황이 되어 버렸다. 말도 안 되는 기차를 타다 도중에 고장이 나서 내려야 하는 사태가 벌어져도 일단은 타야하는 이유가 방회장에게는 있다. 한국댓돌연합회를 못 타게 했고 전국팔근육연합회도 못 타게 했으니 일단 일정 부분 어느 정도라도 거리를 선점한 셈이 되기 때문이었다.

　방회장은 석산연구소 소장을 위해 아는 사람만 간다는 서울의 모 식당으로 자리를 마련했다. 식당은 한적하고 방은 고급스러웠다. 한 끼 식사가 중대형 아파트 관리비 정도 되니 저렴하다 할 순 없겠다. 그러나 그 밥 한 끼로 자신이 대접을 받았네 못 받았네 하는 부류의 인간들이 채이고 채이는 곳이 그 바닥이니 특별히 예약해 주문을 넣어 두었다. 물론 먹고 나서 싸는 똥은 이전에 밥 먹고 싸는 똥이나 별반 차이가 없었고 냄새도 특별히 쟈스민 향이 난다거나 레몬향이 나진 않았다. 색깔도 금색은 아니었다.

　"지난 번보다 단가가 좀 올라서요…… 인력도 보강하고 프로그램도 더 돌려야 해서 이제야 시간이 좀 났습니다."
　"아이구 바쁘신데도 이렇게 시간 내주시니 저야 감사할 따름이지요. 얼마나 힘드십니까? 제가 뭐라도 보태고 도움을 드려야지요. 아 식사가 나오네요. 입에 맞으시면 좋겠습니다. 천천히 드시고요, 2차도 준비했으니 기대하셔도 좋습니다."
　"이 힘든 세상에 방회장님처럼 사회에 봉사하시고 구석구석 챙기시는 분이 큰 자리에 앉으셔야 할 텐데…… 곧 좋은 날이 오겠지요."

석산연구소 김일봉 소장이나 방망휘 회장이나 눈알을 떼굴떼굴 굴리며 밥상을 바라보았다. 김이 모락모락 오르는 상 위에 각종 나물이 아라비아 숫자모양으로 담겨져 나왔다. 다진 갈비는 8자 모양을 한 채 그 동그란 공간 사이에 인삼채가 11자 모양으로 갈대처럼 꽂혀 있었다. 둘 다 보양식이 필요했다. 이 많은 욕망을 감당하기에 충분할 만큼. 이 음식들을 먹고 저들과 결탁하여 그날을 얻어내면 그 끔찍한 남편과 상간녀에게 멋진 복수를 하게 되는 것이다.

　공부를 잘한다는 이유로 착한 어린이상이라는 것을 수
도 없이 받았다. 월말고사 일제고사라는 명칭으로 어린이
들을 시험의 도가니에 몰아넣던 그 시절 그는 늘 전교 일
등으로 학교의 자랑이었다. 배찬성은 그런 사람이었다. 선
거 없이 선생의 지명으로 반장이 되던 시절 그는 항상 고정
된 반장이었고, 교장의 월요일 운동장 훈시에 '전체 앞으로
나란히!' 구령으로 학교를 호령했던 학생이었다. 그가 막
중학교로 진급할 즈음 그의 집 물건들은 압류를 당하고 갑
작스런 이사를 가게 되었다. 지금은 모두 아파트촌으로 바
뀐 동네이지만 그가 내쫓겨 간 동네는 당시 비닐하우스 아
니면 천막들이 겨울철 김장 배추처럼 널려 있던 곳이었다.
싱싱한 배추처럼 빳빳하던 그의 부친은 절여져도 너무 절

여진 삭은 배추처럼 늘어진 채 죽음을 맞이했다. 억울하고 분한 죽음이라며 그의 모친은 법을 호소했으나 법은 글자로만 존재할 뿐 그들에겐 현실적인 단어가 아니었다. 없는 삶이 힘들다기보단 있다가 없어지는 것이 더 견딜 수 없었다. 아예 짤짤이나 하고 딱지치기만 하며 속 썩이고 살았다면 견딜 수도 있었겠지만 그는 전교 회장이었고 공부에 잔뜩 취미를 붙인 모범생이었다. 어찌어찌 비참한 중학교 시절을 보내고 직업을 얻었다. 사지선다 찍기의 달인이 황제가 되는 입시제도 속에서 야간 고등학교를 다녀야만 했던 배찬성에게 그 시절은 분루를 참는 시간의 연속이었다. 자신은 결코 바보가 아니라고 외쳤지만 당시 야간 고등학교는 공부 못하는 애들이 다니는 이상한 단체, 그 이상도 그 이하도 아닌 인식이 팽배해 있었다. 이 고정 관념은 박정희 시절보다 더 혹독했다. 배찬성의 나머지 학창시절은 먹고 사는 문제와 자신이 바보가 아니고 얼마든지 일을 잘할 수 있는 사람이라는 걸 입증해내는 데 급급한 시간들이었다.

그의 삶에는 낭만이 들어올 여지가 없었다. 분노의 울분을 토하다 죽어버린 어머니, 영양실조가 원인이 되어 죽은 누이, 노동에 지친 정직한 아내의 사고, 그 어느 것 하나 배찬성에게는 논리적이고 합리적이며 타당한 것이 없었다. 세상은 법대로 굴러가는 곳이 아니었다. 또 그 법이 옳은

건지도 알 수 없었다. 뒤늦게라도 그가 허벅지를 꼬집으며 인내의 인내를 거듭할 수 있었던 것은 어렵게 얻은 그의 아들 때문이었다. 끝도 없는 터널 속에서 저 앞쪽 어느 곳에선가 희미하게 비치는 빛줄기 하나, 그것이 그의 아들이었다. 다행인지 불행인지 그의 아들은 매우 성적이 우수했다. 그가 그토록 가고 싶어 했고 얼마든지 갈 수도 있다고 생각했던 그 서울대를 아비 도움 없이 아르바이트와 장학금으로 다닌다는 것은 배찬성으로 하여금 이 풍진 세상을 살아가게 하는 원동력이었다. 그는 아들이 학교 다니는 내내 서울대 달력을 사서 걸었고 서울대 컵을 썼으며 서울대 노트에 메모를 했다. 그러나 형설지공이란 말이 무색할 정도로 서울대는 이미 강남파들이 득세한 공간이 되었다. 똑똑한 아들은 이미 그것을 감지했다. 지식의 허망함을 일찌감치 깨닫고 방향을 선회한 아들은 배찬성에게 말했다.

"아버지, 제가 아무리 노력해도 저들을 못 넘어요. 정부가 지식을 보호하던 시대는 지나갔어요. 우리 형편상 제가 더 공부를 하기도 어려우니 다른 방법을 찾아볼게요."

"…… 뭘 하려고?"

"이제와 드리는 말이지만 세상살이에 줄이 없는 곳이 없더라구요. 더 정확히 표현하면 공인된 편법이요…… 인간관계가 다 외교라지만 가벼운 리스크조차 감당하기 힘든 환경에서 제가 할 수 있었던 것은 정직한 실력으로 뛰어넘는 것뿐이었어요. 근데 이제 성적으로 실력을 나타낼 수 있는 무대가 막을 내린 셈이에요. 졸업을 하면 법대로 안살아 보려구요……"

"법대로 안 살다니? 법을 안 지키면 어쩌려구?"

"이미 상처 많은 아버지인데…… 더 이상 제 걱정하지 마시구요…… 아버지가 하실 수 있는 일들이 오히려 많아진 세상이니 한 번 도전해 보세요. 제가 약간의 도움이 되어 드릴 수도 있을 것 같아요."

아들이 권해준 일은 알지도 못했던 뭔 단체들 뒤치다꺼리였다. 배찬성은 아들의 눈치를 보고 아들은 배찬성의 눈치를 봤다. …… 하실 수 있겠어요?…… 해도 되겠니?…… 둘 사이에 자존심을 내려놓자는 합의는 이미 암묵적으로 결정이 나 있었다. 여태껏 힘든 인생이었는데 뭔들 못할까 싶었다. 배찬성은 세상이 요구하는 청구서, 그 학벌이 없었다. 그리고 이 뒤바뀐 세상에서 요구하는 청구서, 그 돈이 아들에겐 없었다. 둘은 서로 부둥켜안으며 이 말도 안 되는 세상에서 살아남자고 약속했다.

수많은 단체의 현수막 제작, 행사장 청소, 간식 하청, 팸플릿 홍보…… 그 와중에 방망휘를 알게 되었다. 그녀는 달랐다. 그녀는 일단 말을 뱅글뱅글 돌리지 않았다. 알아듣기가 수월했고 직선적이었다. 무엇보다 학벌이나 외형적 조건으로 사람을 판단하지는 않는 듯했다. 그녀가 내건 조건은 하나, 배신은 용납하지 않는다는 것이었다. 말라비틀어지고 너덜너덜해진 그의 자존심에 물을 주는 그녀의 태도는 배찬성을 감동시켰다. 그녀가 모든 이에게 그러는 것 같지는 않았고 배찬성처럼 많은 것을 내려놓은 사람한테만 그러한 태도를 유지한다는 것을 국장이라는 명함을 얻고 나서야 알게 되었다.

아들의 훈수를 마치 본인이 깨닫고 느껴서 말하는 것처럼 배찬성은 대화했다. 그때마다 방망휘는 좋은 생각이라며 칭찬을 했다. 생각 같아서는 아들을 대동하고 싶었으나 배찬성의 유일한 자부심이자 자존심을 그녀 아래에 놓고 싶진 않았다. 아들 나이도 적지 않았다. 아들 덕분에 그는 똑똑한 국장이요 눈치 빠른 오른팔이었다.

기자를 만날 때나 업체를 만날 때나 방회장은 언제나 배찬성 국장도 잘 먹으라며 넉넉히 식비를 챙겼다. 그녀의 계획에 찬성하는 자들을 모으고 반대하는 자들을 정리하는 것이 배찬성의 역할이었다.

"우기자님, 아이구 오랜만입니다. 제가 우기자님 기사
만큼은 꼬박꼬박 읽고 있습니다."

"아이 뭘…… 감사합니다. 이번 선거가 최종적으로 의
원님 눈에 들어야 하니까 좀 치열해지는 경향이 있습니다.
민주란 이름으로 요즘 각종 공천제도가 난무하다 보니 선
거가 좀 더 치열해졌습니다."

"네, 네 그렇지요. 국회의원 선거도 공천이 참 그런
데…… 능력보다 이쁨을 받아야 하니…… 헤헤……"

"이쁜 게 능력입니다. 이쁜 짓해서 눈에 들어야 하니.
문제는 국민 눈이 아니라 공천권자 눈이라는 것이 좀 그렇
지만 하하. 아마 국민 전체가 공천권자가 되면 정치 자체가
싹 바뀌겠지요. 하하. 그래도 이번엔 방회장님도 잘 아시는
○○○의원님이 계시니까……"

"그렇지요, 지난 번 선거 때 우리 얼마나 열심히 뛰었습
니까"

"방회장님이 큰일을 하신 거지요. 그 많은 전화를 손수
다 돌리시고 문자는 또 얼마나 챙기셨습니까. 의원님이 다
알고 계십니다. 또 제 기사도 많이 퍼 날라 주셔서 저도 덕
분에 인지도가 좀 올라갔습니다."

"이렇게 바쁘신 우리 우기자님께 보약을 대접해 드리라고 방회장님의 특별 지시가 있었습니다."

배찬성은 우민화기자에게 굳이 '우리'라는 단어를 써가며 한 팀이라는 것을 인식시키려 했다. 메이저 언론사에서 틀어져 나와 차린 곁가지 언론들은 재정 상태가 그다지 멀쩡하지 않았다. 물론 메이저 언론사도 예전만 못하겠지만. 그들은 누더기에서 잘리지 않은 멀쩡한 한 필의 옷으로 바꿔 입고 싶어 했고 그것이 비단이면 더더욱 좋아라 하는 사람들이었다. 그들에게 보약이란 과거 8,90년대에 누리던 기자의 위상과 생활의 넉넉함이 아닐까.
단체의 경제 상황은 주식회사 당장과도 연계되어 있고 우기자의 경제 사정은 다듬이연합회와 각종 연합회들로 연계되어 있다. 대한민국의 경제는 잘 굴러가는 것 같다.

공영방송은 과거의 위력을 잃었고, 국민들은 각종 매체를 통해 자기 취향에 맞는 볼거리를 찾을 수 있게 되었으니 과거 PD 맘대로의 억지 춘향식 미디어를 접하지 않을 수 있게 되었다. 취향대로 보겠다는데 무슨 공정이 있으며 무슨 공영이 어울릴까. 사실보다 진영 논리가 중요한 세상에 내 진영 찾기가 이 험한 세상의 자살방지에 더 효과적이다.

아들은 말했다. 방회장이 야심이 많으니 세상 눈들이 많다는 걸 인지시킬 필요가 있어요. 타고 다니는 그 벤츠는 집에 놔두든지 처분하든지 하고 어지간한 국산차로 바꿔 타는 게 좋을 듯싶어요. 국민들이 싫어해요. 있어서 있다는 데 뭔 참견? 하는 사람들, 그건 표를 못 구하는 게 아니라 표를 죽이는 생각이에요. 가방도 신경 *끄*고 구두도 신경 *끄*고 보석도 신경 *끄*고 헤어스타일 손톱 모두 신경 *끄*고…… 박근혜가 돈이 없어 그렇게 차리고 다녔겠어요? 그 사람 날아간 이유는 다른 거라구요…… 그리고 정치하겠다는 사람들이 일가친척 많은 것도 국민들이 별로 안 좋아해요. 아직도 대다수가 전두환 시절을 많이 떠올리니까…… 방회장은 일가친척과 거의 절연하지 않았어요? 정치하는 사람에게 그건 최고의 조건이죠. 직계 방계 모두 해먹을 사람 없다 뭐 이런 홍보가 필요해요……

방회장은 배찬성이 똑똑하다고 했다. 지난 번 연연회 회장의 샤넬 백 사건에 자신은 아예 언급조차 안됐다며 역시 배국장은 선경지명이 있다며 추켜세웠다. 정말 방망휘는 배찬성 말대로 아니 배찬성 아들 말대로 적당히 은행 대출을 만들어 서민 코스프레를 했다. 어디다 숨겼는지 아무도 모르게 미리 몰래 받은 거액의 유산도 감쪽같이 처리했

다. 자네 말대로 사니 일이 쉬워진다고도 했고 앞으로 보좌
관은 자네 것이라고도 했다. 배찬성은 더 이상 물러날 데도
없었고 어디서 그를 더 인정해 주는 곳도 없었다. 아들 덕
분에 뒤늦게 자리를 잡아가는 것 같았다. 조금만 더 모사
를 잘하면 강 건너 둥근 지붕 속을 맘대로 다닐 날이 올 것
만 같았다. '전체에엣, 차려엇!' 그 기개를 다시 찾아야 한다.
그래서 그를 업신여기고 그를 비웃었던 지난날에 복수해야
한다.

S# 3.

피기만은 왕회장의 사랑을 아주 많이 받는 사람이었다.
왕회장은 어떨 땐 자네가 자식보다 낫네 하며 추켜 세워주
기도 했다. 각자의 회사 생활이 너무 힘들다 말하는 사람들
도 많았지만 피기만은 운 좋게도, 정말 운 좋게도 회사 생
활은 아주 매끄럽고 큰 어려움이 없었다. 왕회장은 말 잘
듣는 피기만을 매우 흡족해 했으며 일일이 지도해 줬다. 처
음부터 잘하는 사람은 없는 거라며 피기만이 하나씩 일을
배워갈 때마다 자신의 젊은 날을 보는 것 같다고도 했다.
왕회장이 시키는 대로 말하고 시키는 대로 행동하니 생각
지도 못한 자리가 생겼다. 그리고 승승장구했다. 마음에 내
키지 않는 일이라 해도 회사의 이익이 된다하면 기꺼이 그
일을 했다. 그는 회사에서 아주 성실한 직원이었다. 거의

하루 종일 회사 일만 했다. 주말에도 나와 있었고 청소 아주머니도 도왔다. 동료가 아프면 대타로 일했고 직원들 경조사 때도 빠짐없이 참석했다. 동료들에게 밥도 잘 사줬고 회사 내 아르바이트 청소년에겐 가끔 용돈도 줬다. 그 모든 행동은 계산된 것이 아니었다. 그의 인생에 오직 회사밖에 없었기 때문이었다. 그러나 인생 고통 총 질량 불변의 법칙에 예외가 없듯이 그는 가정에서의 문제가 너무 골치 아팠다. 그리고 지금도 여전히 골치 아프다.

여자는 그래도 되고 남자는 그러면 안 되는 세상이 됐다. 여자의 과거는 피치 못할 사정이요 가련하기 짝이 없는 순애보지만 남자의 과거는 개자식이요 말 새끼이며 구제불능 악질저질이었다. 남자가 때리면 당장 법정에 서야할 폭행범이 되고 여자가 때리면 어디서 등신같이 여자한테 맞기나 하냐고 남자가 손가락질을 받는 세상이 되었다. 그렇다고 그가 아내를 폭행했느냐, 그는 그럴 처지도 못됐다.

20년이 넘는 결혼 생활 동안 세상이 참으로 많이 바뀌어서 같이 살아도 남자가 나쁜 놈이 되고 떨어져 살아도 남자가 나쁜 놈이 되는 것이었다. 아내가 버는 돈은 자기 개발, 자아 성취용이었고 자신이 버는 돈은 가정을 꾸리는 생계 전용이었다. 빵집에서 판매하는 토스트를 아침에 달라

하는 것도 눈치 없는 것이었고 일요일에 집에서 삼시 세끼 함께 밥 먹자 하는 것도 세상 철없는 요구였다. 나중에 안 사실이지만 아내는 요리는 물론 주방 살림 자체를 아주 싫어했다. 피기만이 눈치가 없었다기보다 그는 한 가족이라 생각하면 객관적 판단을 유보하는 습관이 있었기 때문이었다. 그는 아내가 그냥 그런가 보다 했다.

아내는 시대를 앞서가는 여자였다. 그녀가 피기만과 결혼 전에 사귀던 남자가 있었다는 사실은 알았지만 그렇게 많다는 것은 결혼하고 한 참 뒤에야 알았다. 그녀는 피기만에게 이상한 요구를 많이 했었다. 그런데 뭘 잘 모르는 피기만은 그런 자세와 도구가 이상했다. 내키지 않았다. 아내는 항상 화를 냈다. 그러나 아침이 되면 두 사람은 다시 평정심을 찾았다.

낮과 밤이 극과 극을 달리는 날들이 계속 쌓이자 아내는 나갔다. 그리고 며칠 동안 소식이 없었다. 처음엔 찾아보기도 했지만 이내 그만 뒀다. 성적 불만족 때문이라며 아내가 폭발할 게 뻔했기 때문에. 그녀는 피기만을 지도해 주지 않았다. 알아서 하지 못한다고 화만 내니 피기만은 참 난감했다. 가만히 있어도 주변에서 네 아내가 누구랑 있더라, 어디서 봤는데 아무개랑 있더라 하며 온갖 소문이 강제적으로 들어왔다. 남편이 밖으로 나가면 천하의 개자식이고 아내가 밖으로 나가면 아내 하나 만족 못시켜 주는 등신 같은 남편이 되는 세상이었다.

아내는 대학에서 잠시 연극부에서 활동했다고 했었다. 결혼 전 그녀는 그것을 아주 자랑스러워했고 연극을 더 이상 하지 못한 것에 대한 아쉬움도 꽤 많다고 했다. 피기만은 연극이 싫은 건 아니었다. 그냥 TV 화면보다 좀 부자연스럽다는 것과 희곡의 내용을 이해하기가 어려울 뿐이었다. 둘의 대화에서 연극에 대한 화제는 빠졌다. 그러나 아내는 밖에서의 연기는 정말 탁월한 것 같았다. 피기만은 분에 넘치는 장가를 간 사람이 되어 있었다. 피기만이 살집이 두둑한 것도 다 요리를 잘한다는 아내 덕분이며 회사에서 승승장구하는 것도 다 아내의 내조 덕분이라 했다. 그는 말하지 않았다. 아니라고 말하는 건 남자답지 못한 것이었다.

뭐가 옳은지 그른지 판단도 못하면서 정부 말만 듣고 일하던 세대가 그의 부모 세대였다. 그들은 정부에게 배운 방식 그대로 집에서도 '나를 따르라, 나만 따르라' 자식들에게 명령하며 일생을 보낸 세대였다. 그들은 정부가 설정한 테두리에서 벗어나는 것을 두려워했고 사회의 관념에

서 벗어났을 때 그 결과가 얼마나 처참한지를 직접 본 세대
였다. 그 결과가 더러 좋기도 하고 의외로 결실이 아주 컸
다는 사실은 외면했다. 왜냐하면 그런 경우는 그 좋은 결과
가 나타나기까지 오랜 시간이 걸리는 게 대부분이기 때문
이었다. 보고 싶은 것만 봤고 그 보고 싶은 것은 그들의
눈이 아니라 정부가 만든 사회의 눈이었다는 것을 그들은
깨닫지 못했다. 그들은 그저 남들만큼 살아보자는 것이
인생목표였다. 그 남들이 어떤 남들인지, 그 어떤 남들이
어떻게 살아가는지에 대해서는 정확히 아는 바가 없었다.

　　피기만의 삼촌도 고모도 이모도 다 이혼을 했다. 그 시
대에 최첨단이었다. 자신의 행복을 찾아보겠다고 이혼을
했지만 결과적으로 사회의 통념을 깨기엔 시대의 벽이 너
무 높았다. 이혼하지 않은 둘째 삼촌은 사네 마네 살리네
죽이네 늘 치고받고 하다가 늙어 버렸다. 피기만의 부모는
그들을 아주 잘 살아온 부부라 했다. 피기만 부모는 자기
자식들만큼은 실패라는 끔찍한 경험을 안 할 수 있도록 최
선을 다했다. 그 방법은 오직 폭력과 자해를 하는 것뿐이었
다. 식민 잔재와 군사 독재 정부가 가르쳐준 가장 효율적인
방법이었다. 병든 대한민국에 약이 없었다. 제때에 치료 받
았어야 했지만 그 시기를 놓쳐버렸다. 그들은 그들의 방식

을 바꾸지 않았다. 윽박지르는 것까지는 어떻게 피해보겠
는데 자해는 어쩔 도리가 없었다. 수출 몇 백억 달러 달성,
올림픽 금메달 몇 개 같은, 눈에 보이는 수치의 최고 점수
를 내지 못하는 것으로 이미 학창시절 내내 불효한 자식으
로 몰아갔는데 이혼으로 더 이상의 불효를 할 수는 없는 거
였다. 더군다나 명절 때도 잘 나타나지 않는 며느리를 아
주 자랑스러워했다. 그녀는 S대 출신이고 장인은 변호사
였기 때문이었다. 부모 시대 아주 중요했던 타이틀이 학
벌이었고 그 학벌은 자기 자식이 잘나서 물어다 준 열매이니
피기만 부모는 흡족해 할 수밖에 없는 결과물이었다.

　기자들만 해외 취재가 가능하던 시절 선진국의 아주 작
은 장점을 침소봉대하는 기사들은 피기만 부모에게 자신을
낮추는 겸손을 가르쳐줬다. 그러나 진도가 너무 나갔다. 그
들은 자신만 낮추는 것이 아니라 자식도 낮춰 도매금으로
여겼다. 그 학벌에 S대 출신 배우자면 과분하다는…… 피
기만 부모의 겸손은 자신이 아닌 자식에게로 전가되어 있
었다. 자주 나타나지 않는 며느리는 괘씸했지만 집 밖으로
나서면 며느리 자랑에 여념이 없었다. 피기만은 부모를 그
냥 놔두기로 했다. 아내를 놔 둘 수밖에 없는 이유였다.

　아내는 세미나라는 명목으로 나갔다가 언제 들어왔는

지도 모르는데 이미 처가에서 생활하고 있었다. 종종 있는 일이었다. 변호사인 장인은 피기만 부부가 잘 살 거라 생각하지는 않았다. 하지만 그 상태가 자신의 딸에겐 최선이라 생각했다. 어떤 총각도 그녀를 아내로 받아들이기엔 많은 애로 사항이 있었다. 이미 피기만을 만나기 훨씬 전에 낙태도 경험했고 산부인과도 더 다녀야 하는 상황이었다. 순진하고 멍청한 젊은 놈 하나 데려다 구색을 맞춰 놓기로 했다. 그래서 성립된 결혼이었고 그래서 재벌가도 아닌, 뭐 하나 볼 것 없는 사돈에 침묵했다. 이쯤에서 딸의 문제를 수습하는 걸로 판결을 내렸다. 그녀의 아버지는 그것이 나름 합리적이라고 생각했다.

그는 타인의 약점을 잘 파악하고 때로는 아주 잘, 혹은 야비하게 공격하는 습성이 몸에 배어 있었다. 상대가 배려 차원에서 넘어가 주는 자신의 약점은 생각 안하고 상대방의 약점이나 불만을 곧잘 공격하는 성격이었다. 법정이라면 자신도 불리했을 상황이었겠지만 법정이 아니니 뭐 신경 쓰진 않았다. 피기만은 가족이 된 그를 객관적으로 보지 않았다. 그냥 직업 정신이 투철해 그 행태가 일상화 된 것이라 생각했다. 그러나 자신과는 잘 맞지 않았다. 자주 가지 않았고 아내도 시댁으로 자주 오지 않았다. 세상엔 무늬만 부부도 많다.

먹고 살기 힘든 사람들은 피기만을 부러워했다. 아내와 처가가 확실한 보험인데 얼마나 좋겠냐는 것이었다. 보험에 공짜가 없는데 하물며 인생이야……

이혼만은 하지말자 생각하며 살았다. 싸우지 않는 방법을 찾다 보니 그는 본의 아니게 거의 회사에 몰입하게 되었다. 주식회사 당장의 왕회장처럼 하루 종일 회사를 종횡무진 돌아다녔다. 집보다 편했다. 집에서 얻지 못하는 자신감과 효능감이 회사를 가면 생겨났다. 내막을 알 턱이 없는 왕회장은 그를 침이 마르도록 칭찬했다. 그는 본의 아니게 7~80년대의 산업 전사처럼 맹렬하게 회사에 충성을 다하는 직원으로 자리매김 되었다.

아내가 집에 왔다. 나 임신했어! 아내는 말했다. 피기만은 담담히 받아들였다. 아내는 언제 임신이 됐다거나 몇 개월이라 말하지 않았고 자신도 뭘 딱히 생각할 만한 여지가 없었다. 단지 이젠 한집에 살게 되려나 생각했다. 그러나 아내는 곧 처가로 다시 들어갔다. 강의 준비도 해야 하고 몸조리를 위해서는 친정이 훨씬 편하다 했다. 언제는 같이 살았던가. 단지 대놓고 이젠 아예 집으로 들어올 일이 없어진 명분이 그녀를 당당하게 만들 뿐이었다. 피기만은 그래도 출산 즈음엔 아내 옆에 있고자 처가로 찾아갔다. 장모는 얼른 집으로 돌아가 있으라고 다그쳤다. 우리가 다 알아서 할 테니 집에 가서 기다리라 했다. 장인 장모가 서운해서 화가 났나 생각했으나 표정으로 봐서는 그런 것 같지도 않았다. 회사 일에 매진하라는 얘기 같기도 했다. 그렇게 피기만은 어느 날 아버지가 되었다.

아들 하나 있는 것이 꽤나 속을 썩였다. 애가 학교 성적이 좋지 않으면 아내와 처가가 다 피기만 탓을 했다. 자식 머리는 보통 외탁을 한다는데 피기만은 자신의 아들만 친탁을 했나보다 라고 생각했다. 피기만 집보다 월등히 좋은 집의 외가에서 사는 것을 선호했던 아들놈은 이쪽 동네 학교에서 적응을 못하고 저쪽 동네로 넘어가 버렸다. 그런데 거기서도 뭐가 맘에 안 드는지 또 다른 동네로 넘어가겠다고 했다. 이 동네 저 동네 넘나들다 미국으로 가겠다고 했다. 그래도 통보라도 해 주니 고마웠다. 묘하게도 그쪽 동네 가선 잘 지내는 듯 보였다. 집에서 새는 바가지가 밖에서 안 새는 경우도 있는가 보다.
아내랑 별로 마주치지 않고 아들과도 별로 마주치지 않으니 피기만 가정은 남이 보기에 화목한 가정이 되었다. 별 문제가 없었다. 아니 별 문제가 없어 보였다. 아내는 대학교수가 됐고 아들은 미국 유학생이며 자신은 주식회사 당장의 전도유망한 중역이었다. 그들 셋이 뭉치지 않는 한 이 멀쩡한 허울은 잘 유지되는 것이었다.

그의 아들이 친자가 아니라는 걸 알고 나서 피기만이 느끼는 허탈감은 회사에 잠시 병가를 낼만큼 적지 않았다. 아내의 모든 것을 철저히 믿은 것은 아니었지만 자식을 생각해서 참고 살면 언젠가는 다 이룰 수 있는 삶이 되겠거니 하며 참아온 세월이었다. 믿을 수 없는 것을 믿고 있을 때 주는 안도감이라는 것이 있었다. '언젠가는'이라는 꿈을 꿀 수가 있었다. 대한민국이 국민에게 심어주는 꿈과 비슷했다. 행복하지 않은 결혼 생활이 언젠가는 행복한 생활로 바뀔 거라 믿음을 강요하는 그의 부모 말을 믿었다. 대한민국 국민으로 다 같이 살아온 세월이었지만 '믿음'처럼 허망한 것도 없었다. 기만당한 그의 인생을 대신 갚아주고 위로할 그 무엇도 없는 것 같았다.

피기만은 자신이 문제없는 남자라는 사실을 알지 못했다. 그는 아내에게 늘 주눅이 들어 있었고 그 위축을 회사 일로 풀었다. 젊은 시절 이혼도 생각했으나 자해를 하는 부모를 생각하면 그것도 쉬운 일이 아니었다. 그의 기준은 언제나 타인을 향해 있었다. 남이 어떻게 자신을 바라보느냐가 늘 관건이었다. 부모가 가르친 대로 그는 살았다. 남들만큼이라도 살아보자. 그의 부모도 삶의 기준은 오직 정부이자 타인이었다. 가시적인 성과에 매달린 그 시대 대한민국의 결과였다. 남이 보기에 좋지 않고 세상이 남성에게 마냥 유리하지도 않으며 장인까지 법조인이고 보니 피기만은 기만당한 자신의 삶을 털어낼 자신이 없었다. 털어대다가 순식간에 마른 잎사귀가 다 떨어지고 앙상한 빈 나뭇가지가 될 것만 같았다.

왜 그토록 장모가 산부인과도 못 오게 했는지, 왜 장인이 강압적 태도로 자신에게 힘의 우위를 과시하려고 했는지 이제 얼마간의 퍼즐이 맞춰지는 것 같았다. 심지어 이젠 아내의 과거를 문제 삼을 경우 쩨쩨하고 유치한 놈으로 내몰리는 사회적 풍토도 마련되어 있었다. 자식이 친자가 아닐 때 받는 수모도 남자가 훨씬 큰 세상이 되었다. 나이 든 아내는 이제 사회적으로도 구순하고 단정하게 가정생활을 잘 유지하고 있는 것처럼 보이는 유아교육과 교수였다. 장인은 변호사이니 법에 대해 빠삭했다. 피기만이 운신할 폭은 그리 크지 않아 보였다.

애가 갑자기 국내에 들어왔고 병원에 입원했을 때만 해

도 피기만은 걱정 외에는 가진 감정이 없었다. 그가 진실을 너무 늦게 마주한 것이 문제였다. 아내와의 분쟁에서 늘 피해 다녔던 결과였다. 언제나 주도적이었던 아내에게 많은 것을 양보한 대가가 이렇게 나타날 거라고는 생각지도 못했다. 다 큰 아들 녀석, 아니 법적으로만 아들인 녀석이 퇴원하고 집안에서 어슬렁거릴 때 그는 허망함과 동시에 약간의 공포심마저 느꼈다. 너…… 누구냐……

$$S\# 4.$$

　그는 사람 만나는 것이 괴로웠다. 사람들을 만날 때마다 추락하는 느낌을 지울 수가 없었다. 이런 사람들까지 만나야 되나 싶었다. 시정잡배 같은 인간들을 만나고 거짓 웃음과 마음에도 없는 칭찬으로 코팅된 고마움을 표하는 것이 끔찍했다. 맞지 않는 옷을 억지로 입고 광대 짓을 하는 것은 이제 그만해야겠다는 생각이 들었다. 말이 좋아 기자지 이게 무슨 언론인인가. 대학 졸업 후 입사했던 ⵈⵈⵈ에선 그래도 나름 꿈이 있었다. 그곳엔 체계가 있었고 자금이 있었다. 그 속에 들어가면 일개 부품일지라도 밖에 나오면 완성품 정도의 인정은 받았다.

　선배가 말했다. 나도 알아. 이게 이젠 사양 산업이라는 거. 그런데 어쩌겠어. 다른 덴 지옥이니 그냥 여기 있는 거지. 학교로 돌아가겠다고? 거기도 내리막이야. 더 이상 지식이 대접 받는 시대가 아니라고. 40년 동안 대학에서 학문에 정진한 노교수보다 각종 잡다한 얘기로 인기 끄는 말(言)장수가 더 높은 강사료를 받는 시대야. 나는 자식 공부 안 시킬 거야. 죽도록 공부해서 이 꼴 보자고 했으면 절대 하지 않았지. 조금만 제 맘에 안 들면 '네가 뭔데? 그깟 서울대, 몇 푼이나 있다고!' 이런다니까.

학문에 뜻이 있으면 고매한 인격의 소유자가 되는 것이 아니라 세상 물정 모르는 루저가 되는 것이지…… 서울대든 하버드대든 일단 돈이 있어야 한다. 돈은 당연히 많아야 하고 학벌이 곁들여지면 금상첨화인 세상이다. 주객이 전도되었다.

모친은 초등교사요 부친은 중등교사였던 우민화는 그야말로 곧이곧대로 살도록 강요에 가까운 교육을 받았다. 세상물정 모르는 부모는 집안이라는 세상을 호령하며 훈육했다. 그들의 말은 법이였고 절대적이었다. 몇 번의 저항과 반항을 해 보았지만 그의 부모는 거의 자해 수준의 경기를 일으키며 쓰러졌다. 부모의 권위를 무너뜨린다는 이의 제기는 그것이 나름 합당한 이유가 있을지라도 무엄한 행동이었다. 학부형 이야기엔 귀 기울여도 아이들 이야기는 흘려버리는 습관이 그들 몸에 배어있었다. 꼬마대장을 평생 해온 사람에게 거역은 있을 수도 없는 일이다. 자식이 꼬마에서 다 큰 성인이 된 후에도 그들에겐 여전히 꼬마였다. 그들은 꼬마가 없는 세상엔 한 발자국도 내딛지 않았다. 우민화 기자의 부모는 세상적으로 반듯하고 예의바른 사람들이었다. 그러나 내면은 급속도로 산업화된 국가에서 나름 마지막 자존심을 붙잡고 사는 구시대 끝자락 지식인들이었다. 그들이 아는 것은 공부하는 것이었고 그들의 해결책도 공부하는 것이었다. 그들은 지식으로 편히 밥을 먹고 살 수 있는 거의 마지막 세대였다. 국가가 하라고 한 공부를 열심히 했지만 이제 국가는 공부 열심히 하는 사람을 우대는 고사하고 보호하지도 않았다. 정부는 공부한 사람보다 정권을 지킬 돈을 벌거나 대신 싸워 줄 호위무사가 필요한 상황이 되어버렸다.

별로 성실하지도 않은 것 같고 잡음도 많은 직장 동료들이 톡톡 튀는 감성이라는 명분으로 세상에 주목을 받으며 프리를 선언했다. 거액의 연봉을 받는 그들은 구내식당 밥만으로도 충분히 만족해하는 우민화를 안쓰러워하게 되었다.

바른 생활, 생활 계획표, 국민 윤리…… 도덕을 아는 것에서 한 발자국 더 나아가 그것을 실천하는 것이 얼마나 어려운지 잘 알고 있다. 그 어려운 일들을 우기자 부모는 비교적 잘 해내었다. 정부의 보호 아래라면 큰 일탈 없이 가능한 삶이었는지도 모르겠다. 우민화는 기자가 되려고 한 것도 아니었다. 입시 성적에 맞춘 것이었고 당시엔 언론 쪽이 사회적으로나 학생들에게 선호 받던 상황이기도 했다. '소녀 기자 폐기'라는 감성적 소설처럼 기자는 정의와 특종의 사명감을 갖는 특별한 인물이라 생각했던 모양이다. 적어도 우기자 부모는 그랬다.

잘못된 건 잘못된 것이고 잘 된 것은 잘 된 것이라 생각했고 배운 대로 사는 것이 편법을 쓰지 않는 바른 생각이었다. 우기자는 배운 대로 사는 멍청한 인간이 되어 매번 불려갔다.

도대체 사건의 요지를 파악이나 한 거야? 시선이랍시고 붙이는 이 사족 같은 본인 의견은 무슨 근거로 붙이는 거요? 일기장이라고 생각해서 쓰는 것도 한 두 번이지 우기자가 이 따위 글이나 쓰고 있으니 나한테까지 파편이 튀지. 국장은 별 희한한 놈 다보겠다는 어투였고 우기자는 좌불안석 듣고만 있었다.

사건은 정확히 보도하고 기사는 저의가 없어야 한다고 생각했다. 그러나 말이 공정이지 그 동네까지도 공정은 이미 편 가르기에 잠식당하고 있었다. 우기자는 어디서 듣지도 보지도 못한 박쥐같은 놈이 되어 있었다. 그래도 국민은 옳고 그름을 판단할 테니 우기자의 든든한 방패가 되어줄 거라 생각했다. 그러나 그러한 생각은 우기자를 우매한 놈으로 만들었다. 극단적으로 치우치지 않는 나름 합리적이라는 시청자, 독자들은 중도라는 편에 서지 않고 침묵했다. 정말 아무 짝에도 쓸모가 없었다. 그리고 양쪽 극단적 패거리들은 우민화 너, 빨갱이냐 파랭이냐 하며 기레기(기자+쓰레기)라는 단어를 포함해 온갖 욕의 대잔치를 펼쳤다. 그들이 요구하는 것은 줄을 서라는 것이었다. 설 줄도 없지만 서고 싶은 줄도 없었다.

과거엔 아무리 지지하는 정당이라도 잘못이 드러나면 수정하겠다며 쇼도 하고 어설픈 변명이라도 했다. 하다못해 국민 눈치라도 보며 자숙하는 연기라도 했던 것 같다. 그러나 이제 세상이 바뀌었는지 극단적 지지 외에는 아무것도 없었다. 극단적 지지가 권력자의 최측근에 앉는 걸 보게 되고, 극단적 지지가 합리적이고 유능한 전문가를 밀어내고 그 윗자리를 차지할 수 있게 했으며, 극단적 지지가 선거 후 각종 지자체장 자리를 만들어내는 것을 보았다. 이러한 기적이 나타나는 효과를 경험했기 때문인지 사회는 더 극단적으로 변해갔다.

과거 정치 일각에서 나왔던 '어줍지 않은 양비론 쓰지 말라'는 얘기가 지난 20여 년간 먹힌 것 같다. 누구는 뭐가 나쁘고 누구는 뭐가 잘못됐다는 지적이 저 혼자 세상모르고 우아하게 떠드는 중립적 심판자처럼 보였을 수도 있겠다. 그러나 모든 국민이 정치인이 될 것도 아니고 그들에게 목숨이 매여 있는 것도 아닌데 정도(正道)를 이야기 하지 못한다면 누가 할 것인가. 이젠 국가의 큰 어른도 지식인도 입바른 언론인도 없다. 국민이 그 역할을 하지 않는다면 이나라는 양극단의 줄타기 게임에서 줄이 끊어져버려 저 나락으로 떨어질 것만 같다. 양쪽 진영 모두 큰 잘못이 있다면 반성하게 해야 하고, 국민 눈치를 보게 해야 하고, 잘못된 방향을 틀도록 해야 한다. 공천권자가 국민이 되어야 가능하려나……

자리를 주는 자는 당대표인데 왜 일개 국민 주제에 함부로 입을 놀리나, 데스크의 사고방식은 그러했다. 주권은 국민에게 있지 않고 당대표에게 있다. 우기자는 침묵을 해야 맞는 것 같은데…… 아, 부활하라 양비론이여!

줄타기 못하는 우민화는 아무리 봐도 자신이 이런 직종과 맞지 않는 것 같았다. 학창 시절 쓸데없이 많이 읽은 인문학 도서들은 생각의 나무를 키우는 데에는 도움이 되었을지 몰라도 생각의 가지치기에는 별 도움이 되질 못했다. 다시 학교로 돌아갈까 생각했지만 자수성가로 평범하게 살아온 늙은 부모에게, 거기다가 아직 막내 동생의 대학생활도 남아 있는 마당에 나이를 먹을 만큼 먹은 우기자가 철부지 떼를 쓸 수는 없는 것이다.

대형 사건이 터졌다. 흔치도 않은 비행기 폭파 사건은 언론 입장에선 특종이었다. 기자라는 타이틀로 더 깊숙이 다가가서 볼 수 있었던 현장은 참혹했고, 며칠 동안의 잠을 통째로 반납하게 할 만큼 악몽에 시달렸다. 그 사건 취재는 우민화가 사직서를 내게 된 결정적 사유가 되었다. 기자 체질이 아니었나보다. 비판적 글을 쓰면 아주 잘 할 수 있을 거라 칭찬을 꽤 받았었다. 그래서 기자를 하면 승승장구 할 거라 믿었었다. 우기자가 깨달은 건 기자란 사람들이 원하는 걸 써주는 직업이란 사실이었다. 언제부터 이렇게 바뀌었는지는 잘 모르겠다. 진짜 동아줄이라는 것을 찾아내 그 줄을 붙잡거나 혹은 타고 올라가는 것이 기자의 본분인 것 같았다. 서바이벌 TV쇼 같았다.

유족들은 울부짖었다. 이만큼 많은 언론이 들러붙는 기회가 많지 않으니 정치인들은 부르지 않아도 다 떼거지로 나타났다. 그들은 어디에 서야 더 카메라에 잘 잡힐까 신경을 곤두 세웠고, 행여나 감정이 격해진 유족들이 당대표에게 달려들까 푸닥거리 쫓는 의식처럼 보좌관들은 휘휘 팔을 크게 내저었다.

궁금한 게 있었다. 정치인들은 왜 국민의 아픔과 슬픔에 공감하지 못하냐고 이의를 제기하는 국민들이 그 답을 모른다는 것에 의문이 들었다. 국민들이 뽑는 정치인들은 소위 인간을 이야기하는 문,사,철 즉 문학 사학 철학과 거리가 먼 인간들이다. 그들은 인간의 아픔과 슬픔 고통을 공감하는 소통 기재가 발달이 잘 안 되는 사람들이다. 아마도 가정에서조차 그까짓 문,사,철 따위는 돈과 권력도 안 되는 변변찮은 것이라고 외면했을 지도 모른다. 본인들이 뽑아 놓은 정치인들이 인간의 공감능력 최저치에 해당되는 사람들인데 무슨 기대를 할 것인가.

시간이 곧 돈으로 치환되는 수많은 '사'자 붙은 직업군은 결코 사람을 아무 이유 없이 그냥 인간적으로 만나 교감하거나 혹은 슬픔이 측은지심으로 변화하는 과정을 겪어보지 못한 사람들이다. 그들을 붙잡고 왜 국민의 고통에 공감하지 못하냐고 분노를 표출해 봤자 돌아오는 메아리만도 못한 외침이 될 수 있다. 희한하게도 국민들은 자신들이 바라는 인간상의 정반대 인물들만 찍어주는 상반된 행동을 반복하고 있다. 극단적 지지자들의 계산된 가짜 이미지에 속은 결과일 수도 있겠다. 때로는 우민화 기자도 그의 부모도 그의 친구 친척들도 그럴 때가 있었으니. 냉정하고 잔인한 국제관계에서 외교라인만큼은 능수능란하고 논리적인 인물이 배치되어야 하겠지만 적어도 자국민 전체를 아우르는 대통령이야말로 인문학적인 사람이 한국 정서에 더 적합하지 않을까.

물론 안다. 그 권력의 끝, 꼭대기까지 가기 위해 얼마나 인간성이 더러워져야 하는지. 그러나 이 악순환의 고리를 끊고 인문학적 소양이 넘치는 지도자를 뽑지 않는 한 국민의 상처는 계속 덧나고 곪을 것이다. 대선주자가 군인이면 측근 대다수가 군인일 것이고 법적 결격 사유자가 대선주자면 측근은 온통 율사들일 것이다. 그들이 정말 국민을 생각한다면 대다수 측근을 그런 사람들로 채우겠는가.

우기자는 이런 맞지도 않는 기자 옷을 벗어 던지고 좀 더 사람다움에 대해 연구해 보고 싶었다. 그러나 회사를 그만둔 시기에 아내의 임신 소식을 들었고 자신이 살아보고 싶었던 삶에 대한 꿈을 뒤로 미뤄야 했다. 아내를 보며 띌

듯이 기쁘다는 연기를 했지만 화장실 변기통에 앉아서 이를 어쩌나 이를 어쩌지…… 하며 심각한 고민을 거듭했다. 이 풍진 세상에 내가 뭐라고 한 생명의 아비가 되나, 어떻게 책임을 지는 건가, 무엇을 먹이고 무엇을 가르치나, 앞으로 이 사회는 어떻게 변화할 것이며 그 혼란 속에서 내 아이는 어떻게 살아갈 것인가……

대책 없이 애를 낳는 것이 애국 애족하는 길이라는 시대착오적 계몽을 할 것이 아니다. 무지한 지원으로 아이를 낳으라는 국가정책을 재고할 필요가 있다. 국가가 정해준 길을 열심히 달려와도 불과 20년 만에 그 길을 부정당하는 사회에서 누가 자식을 낳고 싶어 하겠는가. 국가가 요구하는 방향과 속도에 맞춰 살다가 국민이 그 방향과 속도에서 낙오되는 현상을 어느 정부도 책임진 적이 없다.

저마다의 삶이 다 다른데 6.25 이후로 다 똑같은 방향과 속도로 살아가게 만든 한국 정부도 대단하다. 그러나 그 국민들이 지쳤고 방향성을 잃었을 때 과연 정부가 무엇을 해야 하는지 마땅한 정책을 내놓는 정치인은 아직 본 적이 없다. 일개미가 열심히 일할수록 여왕개미가 누리는 것은 커진다. 국민은 정말 일개 나사에 불과하다. 개미는 정책이 필요 없겠지만 국민은 정책이 필요하다. 예측 불가능한 사회에서 자식을 낳는다면 또 자신처럼 우왕좌왕할 것이 뻔

하다. 적어도 책임감이 있거나 똑똑한 사람은 자식을 낳지 않을 것 같다. 우기자는 정신이 아득했다. 나오던 똥도 막히고 말았다. 그는 화장실에서 혼잣말로 중얼거렸다. 에이 씨 책을 너무 많이 읽었나……

자식에게만큼은 이 혼란을 물려주고 싶지 않았다. 아비로서 경제적 책임과 정서적 양육에 최선을 다하고 싶었다. 자식의 입장에서 내려놓기 힘들었던 자존심은 아비의 입장에 서니 내려놓을 수 있었다. 뭣도 모르고 이 세상에 자신의 의지와 상관없이 태어나는 아이에게 첫 시작부터 설명이 불가한 세상을 만나게 할 수는 없었다. 배운 게 미디어니 이제 와서 음악이나 미술로 먹고 살 수도 없는 노릇이고 다시 기자 노릇을 해서라도 먹고 살 궁리를 찾아야 했다. 그는 정치인들이 입맛 다실만한 사건이나 단체에 집중하기로 했다.

아이의 분유와 장난감을 살 수 있는 돈이 나오는 곳이 중요했고 돈을 주는 곳은 어디라도 달려가 액수에 맞는 기사를 쓰기로 했다. 우민화는 또 다시 자신에 맞지 않는 옷을 입고 사회에 나가야 했지만 결의는 과거와 달랐다. 책임 질 가정이 있었고 무엇보다 층층시하 눈치 보는 시스템이 없기에 다시 일해보기로 했다. 이 일을 해야만 하는 이유와 장점을 찾아야 했다. 이제 우민화가 얼마나 포커페이스를 잘하느냐 하는 시험에서 몇 점을 받을 수 있고 성과를 얼마큼 내느냐 하는 문제만 남았다. 수준 이하의 사람들, 자신의 이익만을 위해 '인간'이라는 존재를 만나는 사람들, 책한 줄 읽지도 않으면서 아는 척 하는 사람들, 대놓고 자신의 목적만 이야기 하는 사람들…… 이제 그들을 다 만나야한다. 나의 인간성을 죽이고 나의 꿈을 죽이는 그 장(場)에내 가족을 살리는 돈이 있다. 그들은 우기자 생활권에 이미들어와 있는 사람들이다.

후진국 중진국 국민으로 살았던 부모 세대가 너희 세대는 더 잘 살게 하려고 노력하며 살았다는데 별 반 차이가없는 것 같다. 내가 나로 살 수 없는 건 그때나 지금이나 매한가지다.

S# 5.

  석산연구소 김일봉 소장은 식당에서 나오면서 생각했
다. 여길 내 돈으로 다시 먹으러 올까? 물론 아니다. 모양
도 예쁘고 음식도 정갈하지만 이런 것들은 남의 돈으로 먹
는 음식이지 내 돈으로 먹는 메뉴가 아니다. 세상엔 내 돈
내고 먹는 음식과 남의 돈으로 먹는 음식이 구분되어 있다.
이 일을 하면 할수록 함께 먹는 상대보단 식단의 단가에 더
초점을 두게 된다. 여자가 선물 단가에 집착하듯이. 아내
몰래 사귀는 여자는 가방에 집착했다. 물론 보석에도 집착
했다. 그녀의 그런 집착을 모르지는 않았지만 이불 속으로
들어가기만 하면 모르게 되었다. 갱년긴가 아닌가, 매너리
즘에 빠졌나 안 빠졌나 헷갈리던 즈음 만난 그녀는 통통 튀
고 재밌고 별세상 같았다. 오락가락하는 김소장에게 그녀

는 다시 젊음을 선사하는 알콩달콩 이쁜이였다. 아내는 그
저 그런 집안의 그에게 사무실을 차려주고 소장이라는 타
이틀도 만들어 준 고마운 존재였지만 돈과 권력에 환장한
자들이 우글거리는 동네에서 그는 알게 모르게 자격지심이
들었다. 동지 같은 아내는 그에게 큰 힘이 되었지만 동지
가 위력을 발휘하는 곳은 전장이지 이불 속은 아닌 것 같았
다. 김소장은 고기도 먹고 싶고 라면도 먹고 싶었다. 매일
나오는 산해진미는 안 질릴 것 같아도 질리더라는 것이 김
소장 생각이다.

야심 많은 아내는 야심 많은 놈에게 된통 당하고 야심
없는 김소장과 결혼했다. 결혼 이후 김소장은 아내를 보며
없던 야심이 생겼고 없던 눈치가 생겼다. 능력 있는 연상
의 아내 덕분에 모 의원 비서실까지 연결되는 행운으로 이
어졌고 야심 덩어리 그 자체인 곳에서 김소장의 야심은 변
하지 않는 야심 마스코트가 되었다. 그는 그곳에서 노동 없
이도 큰 돈을 벌 수 있는 쾌가 있다는 사실을 알았고 국가
가 내건 교육 시스템이 다 사기라는 사실도 알았다. 성적이
좋지 않아 주눅이 들었던 것도, 학벌 때문이 아니라면서도
같이 원서를 낸 sky대 출신들은 다 붙이고 자신만 떨궈냈
던 대기업의 행태에도 웃음이 나올 만큼 이제 김소장에게

는 새 세상이 열린 것이었다. 각 대학에서는 말도 안 되는 의원들이 거론하는 말도 안 되는 정책들을 연구하고, 말도 안 되는 그들의 의견에 말이 되는 이론을 붙여 그럼직한 논문들을 만들었다. 선거 때만 되면 오직 국민만 바라보겠다며 지하철역 입구에서 일식집 자동 고양이 인형처럼 손을 흔드는 정치인들 밑에는 오직 자기 자신만 바라보며 살던 sky대 출신의 비서와 보좌관들이 붙었고 새로 들어온 그들보다 짬밥 계산으로 보면 훨씬 선배인 김소장이 훈수를 둘수도 있게 되었으니 정말 좋은 세상이었다. 학창 시절 선생말만 들었다면 어찌될 뻔 했겠는가. 그들은 시험지 성적으로 사람을 주눅 들게 만드는 재주가 있었지만 시험지는 시험지일 뿐 그 이상도 그 이하도 아니었다.

정치는 별로지만 정치를 하겠다는 인간들의 장(場)은 참좋았다. 노동이 너희를 자유케 하리라 아우슈비츠 수용소간판처럼 세금이 너희를 자유케 하리라 글귀를 걸어놓아도어색하지 않을 곳이었다. 그들의 삶은 먹고 사는 문제에서자유로웠다. 그곳은 물이 샐 일도 벽에 금이 갈 일도 지붕이 내려앉을 일도 마당의 나무가 죽을 일도 없었다. 국민의삶은 방치될지언정 그곳은 결코 방치되지 않았다.

아내는 김소장이 그 바닥 말귀를 못 알아들을까 노심초사하다가 모 대학 석사 과정에 입학하라고 강권했다. 학벌 DNA가 장착된 대한민국에서 필요한 일이라지만 팔자에 없는 공부를 또 하라니 김소장은 죽을 맛이었다. 아내는 말했다. 순진하게 왜 이래. 누가 공부하래? 그냥 다니라고. 그냥 다니는 수가 있으니 당신은 밥이나 잘 사주면서 사람들이나 잘 사귀라니까. 김소장은 아내 말대로, 정말 아내 말대로 사람을 잘 사귀다가 어린 여자까지 사귀게 되었다. 모든 것을 일일이 보고하는 김소장이었지만 이것만큼은 보고하지 않았다. 아무리 아내가 실세라 해도 뭐 이런 것까지 보고할 필요가……

김일봉 소장 아내에게 좋은 남편이란 젊고 키도 크고 잘 생기고 말도 잘 듣는 사람이 좋은 남편이었다. 잘난 놈 만나봤자 뒤통수만 치고 이상한 헛발 질만 하다가 재산을 탕진하는, 말 그대로 별 볼일 없는 것이었다.

김일봉은 아내가 운영하던 인테리어 사업체에서 사장과 직원으로 만났다. 김일봉은 결혼 전 잠시 모델 에이전시에서 일했고 그전엔 본인도 잠깐 모델을 했었다. 폼생폼사 겉보기가 화려해서 해 볼까 했던 일이었지만 능력이 모자라서인지 김일봉한테 모델일이란 빤스만 입고 털 코트를 걸치는 것 같은 허허로운 것이었다. 학비를 벌어볼 심산으로 시작했으나 8학기의 학비를 온전히 다 채우지 못하고 그만두었다. 그 즈음 지금의 아내가 운영하는 회사에 영업직으로 채용되었고 몇 번의 회식 자리를 거치다 아내의 술주정을 들어주게 되었다. 익숙하지만 아무데서나 들을 수는 없는 온갖 찰진 십장생 욕들이 쏟아져 나왔다. 얘기 내용인즉 국회의원을 꿈꾸는 개새끼 뒷바라지를 하다가 억대를 쓰고 뒤통수를 맞았다는 것이었다. 그런 세상이 있는지도 모르는 김일봉한테는 지금의 아내가 된 사장의 이야기는 다 허구로만 들렸다. 그런 사람들이? 그런 세상이? 그런 일들이? 정말?…… 어이구야, 세상에 이런 일이…… 외모 꾸미는 데에만 신경 쓰고 살던 김일봉에게는 자신의 뇌 용량을 한참 초과하는 잔머리 세계였다.

아내는 적극적이었다. 공부 잘하는 여자는 성욕도 왕성한가 싶었다. 그가 처음으로 접한 sky대 출신 여자였다. 욕구로만 보자면 그는 아내의 사랑을 아주 많이 받는 남편이었다. 김일봉만 보면 너무 만지고 싶다는 그녀는 그에게 좋은 옷, 좋은 타이 핀, 좋은 구두, 좋은 가방을 사줬다. 아내가 지정해 주는 사람들을 만날 때마다 그들은 김일봉을 호감형이라 지칭했다. 외모가 호감형인지 몰라도 인격이 비호감인지는 그들이 알 바가 아니었고 그것은 그들의 관심

밖의 문제였다. 아내가 시키는 대로 사람을 만나고 아내의 의중을 전달하며 밥을 먹으면 별 틀어짐 없이 대부분의 임무가 완수되었다. 몇 몇 거지같은 모양새로 알아들을 수도 없는 이야기를 하며 남의 내면을 허락도 없이 잘도 읽어내는 인문학쟁이들을 빼면 대체적으로 무난하게 밥 잘 먹고 일이 잘 마무리 되었다. 참았다. 거지같은 그들이 의외로 거지가 아니라 왕자와 공주라는 사실에 참긴 참았다. 인문학은 귀족들의 학문이었고 뒷받침이 없다면 끝까지 배울 수도 없는 학문이다. 저렇게 놀고 먹으며 계속 학교를 다닌다는 것 자체가 메디치가의 후손이라는 증거다. 아내는 신신당부했다. 인문학쟁이들이랑 대화할 땐 그냥 온화한 미소로 겸손한 자세만 취하라고. 뭘 물어봐도 아는 척 하지 말라 했다. 저들이 몰라서 물어보는 게 아니라고 했다. 보이는 꼴은 저래도 대가리 굴리는데 탁월한 짱구장인들이라 국민들 의식의 흐름을 움직일 수 있다 했다.

들켰나 안 들켰나 혹시 자신의 우월감이나 상대방을 업신여기는 자세가 탄로 났으면 어떻게 하지, 아내가 알아서 뒤처리하겠지. 김일봉은 아내의 잔소리가 신경 쓰였다. 보고하지 말자. 에이 참 골치 아픈 존재들이다. 아내나 인문학쟁이들이나.

여의도 한 켠에 석산연구소라는 간판을 내걸고 몇 명의 직원과 함께 하는 일들의 대부분은 아내의 손에서 처리되었다. 원래부터 연구소라는 곳에 관심도 없었지만 소장이라는 타이틀로 좋든 싫든 앉아보니 그 별세상 정치인들이 보였다. 어떤 이는 정치장인이었고 어떤 이는 정치쟁이였으며 어떤 이는 정치낭인이었다. 어떤 정치인은 머릿속에 계획표가 있었고 어떤 정치인은 머릿속에 금전출납부가 있었으며 어떤 정치인은 머릿속에 청사진이 있었다. 그 무엇이 머릿속에 있든 운 좋은 놈이 선거에 얻어 걸린다는 진리를 김소장은 이 일을 하면서 알게 되었다. 선거는 절대 혼자서 할 수 없다.

총연합회 선거가 있는데 ○○○의원과 가장 가까운 방회장과 한 번 만나라는 아내의 지령을 이수한 뒤 알콩달콩 이쁜이를 만나려고 했는데 이번에는 현찰사의 견금 주지를 만나고 오란다. 합천까지 다녀오라고? 이번엔 또 무슨 일인가, 택일인가, 관상인가, 아니면 삼장법사라도? 손오공을 만나라 해도 만나야 하겠지만 거리가 너무 멀었다.

아내를 만나기전 사귀었던 여자 친구 구설란을 따라 만세 교회에 다닌 적이 있다. 그때 그 여자 친구는 꽤 신실했었고 기도도 열심히 했던 걸로 기억한다. 그녀는 거의 고아라고 봐도 무방할 만큼 힘들게 살고 있었고 다니던 학교도 휴학을 했다. 어렵게 얻은 알바 자리도 억울하게 잃어버리고 흔들리는 마음을 잡으려 찾은 곳이 만세 교회였다. 그녀가 아르바이트를 했었던 강남 □□동 편의점 근처에 있는 대형 교회였다. 그녀는 그 교회 주지 아니, 그 교회 목사인 신이지 목사에게 세례까지 받았다.

김일봉도 애통해하던 그녀를 위해 뭐라도 동참하자는 심정으로 같이 세례를 받았다. 세례 내용은 기억이 안 나고 부활절에 감질나게 먹었던 동전 크기의 과자 하나와 소주잔과 비슷한 잔에 담겨 간에 기별도 안 가는 야박한 포도주스만 가끔 떠오를 뿐이었다. 당시 그녀는 너무나 경제 사정이 어려웠고 김일봉도 그녀까지 업고 인생을 뛰기엔 그의 능력이 터무니없는 주제였다. 머리카락을 팔고 시계를 팔아 가난을 뛰어넘는다는, 1세기 전 옛날 사랑이야기를 김일봉이 실천할 수는 없었다. 설란아, 너도 예쁘고 나도 잘 생겼으니 우리 각자 봉 잡으러 반대방향으로 가자. 그래서 생활이 좋아지면 그때 다시 만나자.

김일봉 얘기에 충격을 받은 그녀는 두 번 다시 그에게 연락을 하지 않았고 먹고 살기 힘들었던 김일봉도 결혼과 동시에 그녀를 접었다. 그런데 아내가 갑자기 현찰사에 다녀오란다. 그렇다면 다녀온 이후엔 만세 교회도 다녀오라 할 것이 분명하다. 선거 전초전인 종교투어다. 김일봉은 아스라한 첫사랑 때문이 아니라 이쁜이와의 만남을 더 뒤로 미루는 것이 짜증이 날 뿐이었다. 거룩하지 않은 김일봉이 거룩한 연기를 하고 거룩한 얘기를 듣는 것이 거북하지만 그들에게 공통점은 있었다. 김일봉이나 견금 주지나 신이지 목사나 다 거룩한 사람은 아니라는 점이었다.

석산연구소에서 지금 하는 일들은 그들 손에 넘어온 명단의 사람들을 일일이 조사하는 것이다. 그들의 sns, 이력, 소문까지 모두 찾아보고 혹은 직접 인터뷰도 한다. 대부분 만나자고 연락하면 거절하는 법이 없고 정치 머리들이 좋아서 그런지 훗날을 생각해 먼저 프로필을 보내주기도 한다. 호감형 미남인 김소장을 만나면 대부분 이야기를 구절구절 잘 늘어놓았다. 어쩌면 이렇게 섬세하게 이야기를 잘 들어주냐며 이야기와 상관없는 김일봉 외모 칭찬을 한 바가지씩 해 주었지만 사실 김일봉이 들으려고 듣는 것은 아니었다. 뭐 별로 아는 것이 없기도 하고 웃으면서 입 다물고 잘 들어주는 척 하라는 아내의 엄명이 있어서였다. 본의 아니게 김일봉은 경청 태도가 아주 좋은 호남형 신사가 되었다.

이쁜이를 정리해야 할 것 같은데…… 쉽지 않을 것 같기도 하다. 하긴 양다리 삼다리 문어다리 오징어다리…… 이 모든 게 정치 아닌가.

이 고즈넉한 사찰에 의외의 반전은 주차장이다. 절 사이즈에 비해 주차장이 참 크다. 이곳은 주지 견금의 계획으로 뒤늦게 만들어졌다. 거의 거저주울 가격으로 산 땅에 덩그마니 쓰러진 한옥 한 채 살 때만해도 이렇게 큰 주차장을 마련할 거라 예상하진 못했다. 돈이 조금씩 생길 때마다 바로 옆을, 또 바로 옆을, 또 바로바로 옆을 살 수 있는 운이 들어왔을 뿐이다. 처음부터 절을 지을 생각도 없었다. 외따로 떨어져 있는 산에서 내려와 이발하러 가는 것도 쉽지 않고 샴푸나 비누를 사오는 것도 간단한 일이 아니었다. 견금은 어쩔 수 없이 스킨헤드족이 되었다. 한 여름 땡볕이나 한 겨울 추위엔 좀 힘들지만 그 문제를 제외하곤 이렇게 머리를 미는 것이 훨씬 경제적인 선택이었다. 옷도 마찬가지였다. 처음 들어올 때는 주황색 줄무늬 윗도리와 녹색 면바지를 입고 들어왔지만 세탁도 버겁고 밝은 옷은 때도 잘 타서 회색 옷으로 바꿔 입었다. 가끔, 아주 가끔 마을로 내려가면 언제부터인가 사람들은 합장을 하며 자신에게 스님이라 부르기 시작했다.

견금의 원래 이름은 이낙은이었다. 즐겁고 은혜롭게 살라고 시골 교회 목사가 지어준 이름이었다. 그러나 그는 이름처럼 살지 못했다. 매일 할렐루야를 외쳤던 모친은 폐질환이 악화되어 그의 나이 10살 때 죽었다. 아버지는 만나본 적도 없고 누구인지도 몰랐다. 그는 외할머니 손에서 컸지만 그 외할머니의 정신도 온전치는 않은 상태라 그의 성장 과정이 순탄할 수는 없었다. 감옥 갈 일 빼곤 거의 다 한 것 같았다. 남의 농사도 지어보고 공장도 다녔다. 공부가 너무 하고 싶었지만 그에게 공부는 사치였다. 같은 공장에서 일하던 형의 소개로 대학생들이 꾸리고 있던 야학에 다녔다.
그는 처음으로 인생에 대해서 인권에 대해서 미래에 대해서 듣고 배웠다. 그러나 거기까지였다. 대학생들이 운영하던 야전 사령부 같은 야학 천막은 철거가 됐고 그 일대는 땅이 모두 갈아엎어지면서 새 아파트들이 들어섰다. 새로운 길도 나고 알록달록한 유치원과 학교도 들어섰다. 그러나 이낙은이 들어갈 공간은 어느 한 뼘도 없었다. 야학을 꾸리던 대학생들에겐 야학이 그저 가난 체험이었는지 숟가락에 밥 퍼 올리듯 포크레인으로 천막이 퍼 올려져도 저항하지 않았다. 같이 공장에 다니던 형과 이낙은 그리고 몇몇의 야학생들이 매달렸을 뿐이었다. 거기서 제대로 읽고 문장을 파악하는 법을 배웠고 논리적 사고를 위해 수학을 공부해야 한다는 것도 배웠다. 그러나 그 공부가 그를 더 고통스럽게 했다. 너무나 맛있게 먹은 음식이 이제 더 이상 먹을 수 없는 음식이라는 것을 알 게 해 주는 것과 같은 효과였다.

그는 늘 배가 고팠다. 배가 고파서 일을 했는데 그 습자지 같은 무게의 임금이 생길 때마다 그는 음식 대신 책을 샀다. 이렇게 해야 잘 산다, 저렇게 해야 돈 번다 식의 책 대신 그는 필독이라 불리는 문학서적 교양서적을 책방에서 눈길 동냥으로 섭취했다. 임금은 적었지만 책임 질 가족도 다 사라졌기에 얼마간이라도 돈을 모을 수가 있었다. 이낙은은 얼마간의 돈을 모으면 세상을 하직하려고 했다. 그는 '하직'이라는 단어를 자기식대로 해석했다. 그가 생각하는 세상과의 하직이란 아무도 없는 산속에서 혼자 살아가는 것이었다. 어떤 일을 해도 세상의 업신여김과 멸시는 피할 수가 없었다. 특별한 자존심이 있는 것도 아니었는데 그 낮은 자존감마저 무너뜨리는 사람들이 허다했다. 아무리 애를 써도 세상의 신발 밑창을 벗어날 기미는 보이지 않았다. 그때 그의 눈에 들어온 책이 '세상만사 팔자소관'이라는 책이었다. 잘 팔리는 책 같지도 않았다. 무슨 소린지는 모르겠는데 이낙은의 힘든 인생이 이낙은 탓만은 아니라는 얘기 같았다. 그는 처음으로 남 탓을 할 수 있는 무언가 명분을 찾은 것 같았다.

영어의 알파벳은 배웠지만 이낙은 자신의 이름도 한자로 쓸 줄 몰랐다. 그런데 책에는 한자가 쏠쏠히 있었다. 그는 구구단 외우듯 천자문을 외웠다. 여름에는 과수원에서 일하고 밤에는 한자를 공부했다. 겨울에는 주물 공장에서 일하고 밤에는 어느 스님의 예언서라는 책도 읽었다. 그가 접하기 시작한 사주 명리는 할렐루야 리듬처럼, 천자문 암송처럼 운율이 있었다. 체계적 학습이 이루어지지 않은 상태에서 한 공부였기에 자칫 잘못하면 비과학적 비논리적 오류에 빠질 수 있다는 사실을 그는 알지 못했다. 사주팔자 명리는 그에게 세상을 사는 이치가 되었고 지침서가 되었다. 그리고 이내 곧 그는 사주라는 자신만의 종교의 길로

들어가게 되었다. 당사주니 적천수니 자양역학이니 상명통
회니 제목 몇 마디만 말했는데도 사람들은 그에게 스님 스
님하며 절을 했다. 세상을 하직하고 조용히 자력갱생하며
사주나 공부하려 했는데 어쩌다 스님이 되었다. 승적도 없
는데 스님이라 하니 난감할 노릇이었다. 이젠 정말 머리를
기르면 안 되는 진짜 이유가 생겼다. 그냥 법사라 불러 달
라고도 했고 선생님이라 불러 달라고도 했는데 마을 사람
들은 스님이라고 호칭하거나 혹은 스승님이라고도 부르기
도 했다.

　낙엽이 너무 많이 떨어져 마당 비질도 버거운 어느 날
한 중년 여인이 찾아왔다. 너무나 괴로워서 스님의 지혜를
구하고자 한다는 것이었다. 어디서 이 외딴 곳까지 알고 찾
아왔는지 괴이한 노릇이었다. 등산 하다 봤나? 밤에 랜턴
불이 보였나? 이낙은은 곰곰이 생각해 보았다. 나는 지혜
도 없고 누굴 도울 처지도 아니오 라고 이낙은은 사실대로
말했다. 그랬더니 그 여인은 더 허리를 굽혀 절을 하면서
역시 스님은 겸손하시고 현답을 하신다며 감탄을 하는 것
이었다. 그녀는 스님의 가르침을 듣지 않고는 내려가지 않
겠다고 우겼다. 다 늦은 가을 날 이게 웬 봉변인가 싶었다.
　우물쭈물 엉거주춤 하다가 할 수 없이 중년 여인을 방

으로 인도했다. 어머나 이렇게 검소하시게 사시다니 역시 큰 스님은 다르시군요. 그렇지요, 사바세계를 이해하려면 스님처럼 살아야 하는데…… 이낙은은 고생을 많이 해서 또래보다 훨씬 늙어 보였다. 그 흔한 싸구려 크림 하나 사서 발라본 적도 없었다. 노안(老顏)이 이렇게 좋을 때도 있다니, 그는 이미 외모 하나로 큰 스님이 되어 있었다.

그녀는 묻지도 않았는데 자기는 몇 년도 모 월, 모 일, 몇 시에 태어났노라 알려주었다. 저렇게 낮은 자세로 자기에게 고개를 숙이는 사람은 처음이었다. 그는 여인에게 뭐라도 해 줘야 할 것 같았다. 평소 때 한자 연습을 위해 마련해 두었던 종이에 펜을 들고 받아 적기라도 하는 시늉을 해야만 할 것 같았다. 운이라는 것이 이런 것일까? 누가 이 시기에 이런 문제로 자신을 찾아올 거라 예상이나 했을까.

정말 운 좋게 기적처럼 최근에 공부하고 있는 편관 편인을 가진 사주였다. 대강 눈치를 보며 이야기를 하니 그녀는 무릎을 쳤다가 손뼉을 쳤다가 하며 맞아요 맞아요를 외쳤다. 사실 그녀는 용한 점쟁이를 찾으러 등산을 다니는 사람이었고 답답한 심경을 어디라도 좋으니 풀어서 뿌리고 싶은 사람이었다. 아직 알 듯 말 듯 명리에 발을 담글까 말까한 상황인데 이 알량한 지식으로도 박수를 받는 것이 그는 너무나 신기했다. 세상 밑바닥에서 온갖 노동을 다 했던 이낙은이 잘하는 것은 눈치 보기였다. 그는 말 한 마디 할 때마다 슬쩍슬쩍 그녀의 얼굴 표정을 살폈다. 남편 욕을 했다가 시부모 욕을 했다가 자식 욕까지, 그녀의 욕 그물에 안 걸리는 사람이 없었다. 이러다가 자기도 걸릴까 겁이 났다. 다행히도 그녀의 욕 그물 던지기는 거기서 끝이 났다. 이 일은 20년 전 일이다.

산의 정기를 받아야 하고 우주의 기를 모아야 하니 자주 오지 말라고 했다. 이제 그는 시간을 벌어야 했다. 끝도 없이 펼쳐지는 한자의 향연인 명리학을 서둘러 공부해야만 했다. 새털같이 많은 시간 뭐가 그리 급할까 만은 오늘 같은 행운이 늘 있으리란 법은 없기에 서둘러 나머지 공부를 해야만 했다. 그러면 언제 와도 될까요? 오늘 스님 만나고 나니 먹먹함이 가라앉는 것 같아서요. 나를 만나 먹먹함이 가라앉은 것이 아니라 네가 욕을 많이 해서 그 후련함 때문에 가라앉은 것이다 라는 말이 나올 뻔 했다. 음…… 내년 이맘 때 즈음 다시 한 번 들러주시지요…… 과연 1년 동안 자신의 실력이 일취월장할지는 미지수였다. 그러나 그녀가 받으라며 쥐어준 돈이면 일 안하고 얼마간 버틸 수 있는 자금이 될 수도 있겠다 싶었다. 연신 굽실거리며 감사를 표하는 그녀를 보내고 냉큼 방으로 들어왔다. 생각보다 거액이었다. 이제 잠도 자지 말고 공부를 하자.

그녀는 몇 년 전 ○○○의원 공천으로 시의원에 당선되었고 매년 가을이면 어김없이 찾아오며 심지어 ○○○의원까지 만나게 해줬다. 이낙은은 이제 견금 스님 혹은 견금 법사라는 호칭으로 인지되었다. 가끔은 고급 SUV 차가 산속까지 기어 올라와 그를 서울 모 호텔까지 날랐다. 그리고 그 중년 여성은 종종 견금을 의원 지역사무실까지 배달했다. 촌음을 아끼며 명리학을 파고든 그는 각종 관상 수상책까지 섭렵하며 취침 시간 뺀 나머지를 모두 사주명리에 쏟아 부었다. 무얼 하든 어떤 일이든 이쯤 되면 거의 장인의 경지에 오를 것이다.

딱히 소문을 내지도 않았는데 사람들이 찾아왔다. 근데 어느 순간부터는 그들이 그냥 오지 않았다. 트렁크에 뭘 잔뜩 싣고 왔다. 생필품도 있었고 가끔은 오리털 이불과 가구도 있었다. 이렇게 되니까 세면용품도 많으니 다시 머리를 기를 수도 있을 텐데 하는 아쉬움도 살짝 생겼다. 수염이라도 기를까 생각했다. 샴푸는 없지만 고급 비누는 꽤 많아졌기 때문에. 그의 인생에서 유일하게 풍족한 건 머리털 하나였다. 조상이 누군지 알 수는 없지만 대머리가 아닌 건 분명했다. 이젠 가끔 마을에 내려가서 넘쳐나는 생필품을 나눠줄 수 있는 여유도 생겼다. 본의 아니게 그는 마을 유지가 되어 있었고 어느 이장보다도 막강한 파워가 생겼다. 절까지 올라오는 도로도 가다듬어졌다. 얼마 전 주차장을 완비한 것은 정말 잘한 것 같다. 의원 말대로 아스팔트에 선까지 긋는 작업을 했다면 괜히 구설수에 오를 수도 있었을 것 같다. 그냥 잔디 마당으로 마무리 하라 해서 따른 건 신의 한수라 생각했다. 아스팔트면 어떻고 잔디면 어떠랴. 쉽게 올라오고 트렁크 속 물건 내리기 쉬우면 장땡이지. 큼지막한 간판도 걸었다. '현찰사(現札寺) 입구'

나도해가 왔다. 지난 절기에 시의원과 함께 왔으니 그때 보고 이번이 넉 달 만인가. 혼자가 아니었다. 이젠 만나는 사람이 하도 많아 누가 누군지 잘 구분이 안됐다. 옷도 비슷하고 대부분 목소리나 덩치도 비슷하고 기세도 비슷했다. 그런 부류 인간들만 찾아오나 보다. 무슨 중앙본부 총무라는데 노안이 온 견금 눈에는 딱히 들어올 활자 사이즈 명함이 아니었다. 그러나 나도해는 눈에 들어왔다. 그는 절기마다 찾아와서 사진을 펼쳐놓고 봐달라는 요청을 했었다. 견금은 고화질의 대형 사이즈를 요구했었다. 노안에 맞는 적절한 사이즈가 있다. 견금은 노안 때문에 요구한 것인데 사람들은 그가 기를 읽어내기 위해서 그러는 거라고 말했다. 사진에 무슨 기가 있을까 만은 견금이 보면 그것이 사진이든 커튼이든 기가 있는 것이었다. 무슨 상관인가. 기가 없다거나 사기라고 생각하는 사람들은 현찰사로 오지 않겠지.

견금 요구에 맞춰 007 서류가방에 사진을 잔뜩 넣어 올 때면 그는 무슨 국가기관의 비밀 요원 같았다. 견금은 관상에 나름 기준이 있었다. 그리고 자신이 잘 맞춘다고 생각했다. 누구는 호랑이 상이고 누구는 족제비 상이고…… 사람이 동물로 둔갑되어 인식되는 것도 놀라운데 그게 기가 막히게 맞는다고 나도해는 믿고 있었다. 이제 사람 기용은 견금 손에 달려 있었다. 그가 서울로 돌아가면 견금이 낙점한 사진을 가진 나도해 손에서 사람들 발탁이 결정될 운명이었다. 그것이 맞고 안 맞고는 별 의미가 없었다.

견금 손에 의해 걸러지는 그 행위가 뽑는 사람에게 안정과 믿음을 준다는 것이 중요한 일이었다. 사주를 봐주는 것이 나를 살리고 너를 살리는 일에서 나만 살리고 너를 죽이는 일로 변질되고 있었다. 그러나 견금은 거기까지는 깨닫지 못했다. 살기위해 몸부림치며 살아왔던 인생이었다.

자기에게 고개 숙이고 자기를 인정하는 사람들의 요구 사항은 다 들어주고 싶었다. 그렇게 들어주며 먹고 사는 것이 나쁜 일이 될 수도 있다는 생각은 해본 적이 없었다. 스스로 만든 도사 자리에 앉은 자의 한계였다. 문전박대가 다반사였던 견금 인생이 이렇게 역전된 것이야말로 세상을 하직하지 않고 사회에 할 수 있는 최고의 복수 아닌가.

그는 울었다. 아들의 빈 머리를 쓰다듬으며 서럽게 서럽게 울었다.

그는 출세라는 것과는 거리가 멀었지만 성실한 가장이었다. 나도해 아버지는 버스 운전기사였다. 넉넉하진 않았지만 자신의 정직한 삶에 나름의 자부심이 있었다. 정치인들의 야합이나 횡령기사를 보면서 나도해 모친이 에구 나도 저런 돈 좀 만져봤으면 하고 말하면 나도해 아버지는 저 돈 만지고 골방에 들어가느니 이렇게 두 다리 뻗고 자는 것이 좋은 것이여 라며 웃었다. 그는 아내의 바가지도 유머러스하게 잘 넘겼다. 자신도 공부를 못했는데 강요할 순 없다며 자식한테 점수도 받을 만큼만 받아오라고 했다. 공부 못

해도 좋으니 친구들과 두루 원만히 지내라고도 했다. 나도 해는 학교에서 무던한 학생이었다. 그가 하루 빠진다 한들 잘 표시도 나지 않는 그런 학생이었다. 왜 그런 거 있지 않은가.

학창시절 사진을 보면 얘는 누구고, 얘는 누구며, 하나 건너 뛰어 애는 누구라고, 그 건너 뛴 한 명이 될 법한 존재감 없는 사람. 대한민국에서 둥글게 원만하게 지내는 것이 꼭 원만한 인생을 보장받는 것이 아니라는 것을 그는 시간이 지나면서 체감하게 되었다. 이래도 괜찮고 저래도 괜찮은 놈은 즉 만만한 놈이 된다는 것을 몰랐다. 학교를 서바이벌 게임장쯤으로 여기는 녀석들은 반드시 선생들이 신경을 썼다. 더 큰 뭔 일을 저지를까봐. 물론 성적이 좋은 녀석들은 당연히 칭찬이 한 소쿠리 그들 머리 위에 쏟아졌다. 그 양 극을 달리는 부류가 아니면 존재감 없이 시나리오에 적혀있는 '지나가는 사람 1, 2, 3'이 나도해였다.

나도해 고교시절은 악몽으로 점철되어 있다. 어, 그래? 그럼 오늘은 내가 가방 들어줄게. 아프다는데 뭐. 혹은 아침을 못 먹어 속이 쓰리다구? 내가 빵 사다줄게. 이렇게 시작된 그의 호의는 저들의 권리가 되기 시작했다. 자신의 잇속만 챙길 줄 아는 저들은 배려나 측은지심을 몰랐다. 그들의 집에선 그들을 그렇게 가르치지 않았다. 이기는 방법, 쟁취하는 방법, 누르고 쳐내는 방법은 배웠는지 몰라도 상대도 아프고 속상하고 힘들어하는 인간이라는 생각은 해본 적이 없었다. 그들은 그래도 되는 인생이었다. 그렇게 살아서 거액의 자산가 가문의 사람들이 되었고 남 도울 시간에 공부나 하라는 그들의 부모 가르침을 받들어 상위권 성적을 차지하는 자들이었다.

그들에게 강제로 아들이 머리카락이 밀려 집으로 돌아온 날에도 나도해 부친은 울지 않았다. 그가 서럽게 운 것은 복잡하게 일 벌리지 말고 참으라 권고하는 교장을 만나고 온 뒤였다. 속상한 건 알겠으나 뭐 팔이 부러진 것도 아니고 못 걷게 된 것도 아닌데 무슨 호들갑스럽게 그러냐는 것이었다. 사내애들 다 그렇게 크는 거라며 아버지가 이렇게 소심하니 애가 그렇게 크는 거라고도 했다. 머리 한가운데가 고속도로마냥 밀려 왔는데 그 수치심을 애들 장난으로 생각하십니까…… 나름 가해자도 알아듣게 야단칠 테니 이쯤에서 정리하자며 나도해 아버지를 달랬다. 가해 학생들에게 못 알아듣게 야단을 친 것인지 그들은 나도해에게 사과하지 않았다. 나도해 아버지는 말했다. 학교를 그만 두자……

사우나에서나 봄직한 타월 양머리처럼 양쪽만 남아있는 머리를 밀었다. 빡빡 밀고 나니 수행 스님처럼 보였다. 나도해가 학교를 그만 뒀을 때 그는 마땅히 갈 곳이 없었다. 그 시절 학교 밖 청소년은 학교 부적응자 내지는 지진아로 취급하는 사회 분위기였고 검정고시도 중심에서 밀려난 사람들을 국가가 불쌍해서 구제해 주는 제도쯤으로 인식하던 때였다. 마음은 편했다. 학교에서 하던 배려를 부친이 다니는 버스 회사에서 하니 없던 존재감이 생겼다. 당시 학교 밖 청소년에 대한 인식이 우호적이지 않았을 시기였는데도 버스 기사들은 인생은 알 수 없으니 너는 나중에 네 아버지와 함께 번쩍 뜰 거라고 했다. 그는 거기서 자동차 정비를 배우기로 했다. 자격증도 땄고 검정고시를 거쳐 자동차학과가 있는 전문대학도 진학했다. 늦은 감이 없진 않았지만 나쁜 선택이 아니라고 생각했다.

중학교 동창 중 가장 친하게 지내던 친구를 만났다. 다 같은 학군으로 묶여있었기에 아이들의 소식도 종종 듣곤 했다. 나도해의 머리를 직접 밀어버리고선 우습다고 박장대소했던 그 개자녀는 성적이 나날이 떨어져 국내에 있는 대학에 못 가게 되었다 했다. 공부를 못하는데 스위스로 유학을 갔다 했다. 말이나 통했을까 싶은데 거기 무슨 관광호

텔학교인지 호텔관광학교인지 하여튼 그런 학교를 졸업하고 자기 아버지 호텔에 취직했다 한다. 동창이 휴대폰을 열고 그 개자녀의 근황을 보여줬다. 말끔한 양복을 입고 휘황찬란한 샹들리에가 보이는 곳에서 화들짝 웃는 모습으로 찍은 사진이었다. 그 아버지가 호텔을 물려주기 위해 경영 수업을 시키고 있다 했다. 동창 휴대폰을 붙잡은 자신의 손끝에 미처 빠지지 못한 손톱 밑 기름때와 사진이 묘한 대조를 이루었다.

지금 같은 세상이면 그 개자녀는 참회를 하고 자숙의 시간을 갖고 세상의 지탄을 견뎌야 하는 인물이 됐을 텐데…… 나도해는 자신이나 그 개자녀가 시기를 너무 잘못 타고났다고 생각했다. 벌 줄 시기를 놓치고, 벌 받을 시기를 놓친…… 박장대소하며 놀리고 비아냥거렸던 놈 하나는 지방의대를 갔고, 또 한 놈은 로스쿨을 갔으며 나머지 한 놈은 국회의원 비서로 일하고 있다고 했다.

서럽지 않으려고 했다. 나도해가 바라는 건 그들을 자기와 아버지가 운영하는 카센터에서 만나지 않기를 바랄 뿐이었다. 그런데 이상하게 그들의 소식을 전해들은 그날은 두통이 있었고 소화도 잘 안되었다. 중학교 동창 친구 놈이 술 한 잔 하자고 했지만 애먼 사람 길가에서 잡을까 봐 그날은 그냥 헤어지기로 했다. 술도 약했지만 없던 주사라도 부리면 난동에 익숙하지 않은 나도해 자신이 더 못 견딜 것 같았다.

　아버지는 언제나 나쁜 놈은 벌을 받게 되어 있다고 했다. 아버지 말대로라면 그들은 벌을 받아야 하는데 그들이 벌 받는 것을 보려면 나도해가 얼마를 더 살아야 볼 수 있을지 알 수가 없었다. 교회에서 말하기론 벌은 하느님이 주는 것이라 했고, 절에서 말하기론 원수는 남이 갚아준다 했는데 나도해가 보기엔 양쪽 신이 다 벌주고 갚아주는 일에 휴업중인 것 같았다.

　아주 조금이라도 자신이 직접 벌을 줬으면 좋겠다는 생각이 들었다. 1시간만이라도 좋으니 자신이 그들보다 훨씬 출세해서 그들의 잘못을 지적하는 힘을 갖고 싶었다. 그가 재투성이 신데렐라가 아닌데 갑자기 한정된 시간의 유리 구두와 호박마차가 나타날 리 없었다. 그렇다고 그 요술봉을 잡은 사람들이 모두 재투성이냐, 그것도 아니고……. 인내심도 없고 선하지도 않은데 기적의 봉을 잡는 사람들도 있었다. 도대체 이 뒤죽박죽 인생에 누가 말도 안 되는 그런 동화를 계속 찍어낸단 말인가. 마법의 요술봉은 국회에서나 볼법한 물건이었다.

그는 처음으로 돈을 더 벌고 싶고 더 좋은 대학을 다니고 싶어졌다. 저쪽 구석에서 타이어를 살피고 있는 아버지는 돋보기를 쓰고 있는 백발이 성성한 노인이었다.

"이 돈이 네 돈이야!"

"당신들이 뭘 알아! 직접 보기나 했어? 증거 내놔 봐"

"여기가 법정이야! 증거어, 증거 같은 소리하고 있네. 뭐 뀐 놈이 성낸다고 당신 집 관리비가 증거야, 0원이 말이 되나."

"그동안 내가 해외 출장 중이었다고오! 이미 경리한테 다 말해놨다고오!"

"무슨 출장이길래 24개월이며, 왜 발각된 지난달부터 관리비를 냈는지 설명 좀 해 봣!"

"냉장고, 난방 기본 전력까지 다 제로세팅하고 나갔다고?"

"아니 팔순 연세에 무슨 출장이래요?"

"경리! 회계장부 좀 열어봐요."

"벤츠 사셨다고 자랑하며 좋아하셨잖아요. 주차장에서 자주 봤었는데"

"단지 돌아다니시는 거 저 자주 봤는데요"

"너, 뭐야! 머리에 피도 안 마른 놈이 날 언제 봤다고!"

같은 단지 사람들이 찾아왔다. 동대표들이 뭔가 수상하니 나와 달라 했고, 저들이 단지를 말아먹고 있으니 저항하는 데에 힘을 보태달라고도 했다. 나도해는 연로한 부친을 대신해 관리사무소로 갔다. 같은 아파트에 살았지만 그 할아버지가 동대표 회장이라는 것은 처음 알았다. 나도해는 관리비를 이만큼 내라면 내고 저만큼 내라면 내는, 찍힌 숫자에 아무런 의심이 없던 사람이었다. 주차딱지 새로 발급받는 것 빼곤 관리사무소도 가지 않던 그였기에 누가 동대표고 누가 동대표가 아닌지 구분할 수가 없었다.

나이는 자신의 아버지와 비슷한 연배라는데 늘어진 고무줄 같은 자기 아버지에 비해 탱탱한 벨트 같은 그 동대표 회장이라는 할아버지는 만세 삼창 하듯 두 팔을 번쩍번쩍 들어가며 찾아온 주민들에게 호령을 하고 있었다. 떼어먹은 관리비로 좋은 것만 먹었나 보다. 아니 떼어먹은 게 관리비뿐만이 아닌가 보다. 자신의 아버지가 평생 버스 핸들과 타이어를 만지며 사는 동안 저런 회장이라는 노인네는 눈먼 돈으로 편히 살았나 보다. 늙은 손가락에 금반지가 번뜩였다.

주민들의 항의가 거세지니 수세에 몰린 회장 할아버지는 뜬금없이 나도해 나이를 물고 늘어졌다. 화살을 다른 데로 쏴서 전의를 흩뜨리려는 전략인가. 나도해 나이가 이 싸움의 명분은 아닌 것 같았는데 눈치 없는 나도해는 곧이곧대로 그 할아버지를 자주 봤었다는 말로 회장 할아버지의 화살을 맞았다. 아프진 않았다. 처음으로 그는 다수, 대세에 속해 있었고 여차하면 저 회장 할아버지를 혼내 줄 수도 있을 것 같았다. 신기한 경험이었다.

새로 바뀐 동 대표들은 적폐를 청산하고 단지를 잘 운영하는 것 같았다. 그런데 어찌된 일인지 새로 들어온 동대표들도 그 회장 할아버지와 똑같은 싸움통을 겪으며 또동 대표들이 바뀌었다. 그 과정에서 4,200가구의 싸움을 구경만 할 수 없다며 누가 불렀는지 시의원이 나타났고 서로가 의원님, 의원님 하면서 아는 행세를 했다. 아, 세상은 이렇게 흘러가는구나…… 나도해는 마치 개화기 때 커피를 처음 맛본 사람처럼 새로운 맛의 향연에 빨려들어 갔다.
이후 7년 동안 많은 일들이 있었다. 새 아파트도 계약했다. 나도해의 주량도 늘었다. 그의 아버지가 죽었다. 아버지의 고생은 아버지가 나쁜 놈이 아니었기 때문이라고 생각했다. 나도해는 무난하고 착한 사람이 되고 싶지 않았다. 더 이상 고생이라는 것을 하고 싶지 않았다. 마법의 봉은 국회에만 있는 것 같지도 않았다. 인터넷 세상엔 자잘한 봉도 많았다. 그 봉을 모아다가 정치인들에게 상납하면 선거 때마다 그럴싸한 명함이 생기기도 했다. 그는 분양하는 아파트 초대 입주예정자 대표가 되었다. 의원을 만나진 못했지만 자신의 본래 신분에서는 만날 수도 없는 건설회사의 높으신 분들을 당당히 만날 기회가 주어졌다. 그는 완장을 차기에 충분히 나쁜 사람이 되는 공부를 해 왔다.

더 좋은 대학에 가고 싶었던 그는 이제 그거보다 더 확실하고 효과 빠른 감기약, 아니 나쁜 놈 과정을 마스터 했다. 나쁜 짓을 하면 할수록 최신 세탁기 냉장고 TV를 건설사에게서 약속받았다. 회사에겐 푼돈인데 그에게는 거액이었다. 무엇보다 약자가 아닌 강자에 속하는 것 같았다. 그리고 입주예정자모임 카페에서 입주민들의 항의 사항을 무위로 처리하는 혁혁한 공을 세우며 회사로부터 제네시스 한 대도 약속 받았다.

그는 입주할 때 옵션비 없이 무료로 바닥 전체 타일과 대리석 아트월로 업그레이드 된 아파트에 보무당당 들어갔다. 이렇게 쉬운 세상이 있었다니…… 호텔 사장까지는 아니더라도 보좌관이나 비서 혹은 다른 완장은 찰 수도 있을 것만 같았다. 지금 같은 기세라면 재건축 아파트 조합장도 할 수 있을 것 같았다. 어깨가 펴졌다. 아내의 태도도 달라졌다. 나도해는 이제 진짜 1700 가구를 대표하는 신축 아파트의 회장이 될 것이다.

쉬운 인생은 없다……
입주민예정자 카페에서 계속 깐족대며 신경 쓰이게 했
던 몇 몇 가구가 합심해서 이의를 제기했다. 나도해가 일궈
놓은 패거리와 반대 패거리의 싸움이 시작되었다. 회사 측
이 입주로 정신없는 틈을 타서 나도해를 우선 임시 회장으
로 여기며 일처리를 하겠다고 공지문을 발표해 그에게 힘
을 실어 주었다. 정신없는 입주 기간이 마무리 될 때쯤 반
대 패거리가 동대표 회의 시간에 들이닥쳤다. 고성이 오가
고 네가 뭔데? 를 시작으로 뭘 해먹었다 안 해먹었다, 놀이
터 기구가 바뀌었다, 조경 식수가 허위이다, 분수대가 줄
어들었다…… 나도해가 얼렁뚱땅 덮고 가려던 문제들이 다
터져 나왔다. 테이블 끝에 앉아서 나도해가 자신들을 방어
하나 못하나 구경 하던 건설사 관계자는 이리저리 눈을 굴
리며 탁구 경기 보듯 관전했다.
나름 나쁜 놈 되는 과정을 착실히 이수했다고 생각해
자신이 있었는데 복병이 있었다. 반대편 패거리 중 실실 웃
으며 노트북이나 두들겨 대던 젊은 놈이 하나 있었는데 그
놈이 변호사란다. 나도해는 이 싸움이 쉽지 않겠다고 생각
했다. 방어를 할 수 있을 때까지 해봐야겠지만 들통나면 회

사는 나 몰라라 꼬리 자르기 전략으로 튕겨 나가버릴 것이다. 재수 없으면 받아먹은 것도 토해내야 한다. 여기서 나가면 어디로 가야 나쁜 줄을 잡을 것인가. 정직과 거리가 멀면 멀수록 단단한 동아줄이 잡힌다는 것을 이미 경험한 그로서는 다시 동아줄 잡는 여정을 시작할 수밖에 없다. 선거가 1년 마다 아니 6개월마다 있으면 좋겠다. 한 번 찍은 명함이 지속성을 가질 수 있게. 그렇게 지속적으로 먹을 수 있게. 그는 그렇게 나이 먹고 있었다.

그는 다수가 되고 싶었다. 1대 4의 싸움에서, 선생들과 고독한 아버지의 싸움에서 언제나 소수이자 약자였던 자신을 더 이상 내버려둘 순 없었다. 다행히도 대한민국은 4,50 대 남성들이 꽤나 유리한 듯 보였다. 박정희 전두환 시절처럼 대놓고 학벌을 묻지도 않았다. 과거의 허접한 학교 성적표도 떼어 버렸다. 그의 별 볼일 없는 부모도 이름표에서 떼어졌다. 그는 동 대표, 마을 이장, ○○협회장 등등의 타이틀로 큰 목소리를 낼 수 있는 새로운 장을 알았다. 아직도 이 세계를 모르고 아침 저녁 헉헉대며 정확히 출퇴근을 하는 사람들이 계속 존재하는 한 그들이 나도해의 매트리스 역할을 할 거라는 확신이 들었다. 그들은 이러한 장(場)으로 나오지 않았고 관심이 없었다. 그들 중에 왜 똑똑이가 없을까 만은 그들 자존심상, 혹은 뭘 몰라서 나오지 않을 테니 움직이지 않고 관심도 없는 1,700가구를 밑으로 깔고 소수가 싸우는 장에선 얼마든지 해볼만 하다고 생각했다. 여의도 국회만 중요하고 자신의 동네, 주변 제도가 우스운 시민들이 있는 한 계속 자신과 같은 사람들에게 공짜 떡이 쏟아질 게 분명했다. '나머지 주민'은 매트처럼 병풍처럼 가만히 있어줄수록 더 좋은 것이었다.

사람을 생각하고 인생을 논하는 곳엔 사람이 없었다. 분노를 부추기고 치부를 파헤치고 기발한 욕이 난무해야 패거리를 모을 수가 있었다. 일을 해서 표를 얻는 것이 아니라 욕을 해서 표를 얻었다. 내가 더 잘 하겠소 보단 저 새끼가 나쁜 놈이요 가 훨씬 효과적이었다. 자잘한 봉을 잡느니 크게 한 방 하는 것이 자신의 머리를 밀어버린 놈들에 대한 복수가 될 수 있을 것만 같았다. 사람 많은 곳으로 가자. 사람 많은 곳으로.

어느 날 그의 아파트 문에는 만세 교회라는 팻말이 붙었다. 남들은 잘 받지도 않는 벌을 나도해 자신만 쉽고 빠르게 받는 것 같았다. 남들이 해먹을 땐 탄로도 안 나고 영속적인데 자신이 조금만 그 흉내를 낼라치면 어디선가 초를 치는 인간들이 나타났다. 저들도 빨리 하늘에서 벌이 내려졌으면 좋겠다고 생각했다. 그는 하나님을 간증하러 다니는 스타 집사가 되었다. 총선, 대선 모두 한번 씩만 더 치르면 장로도 될 것만 같았다. 거저로 장로가 되는 법은 없는 것 같으니. 이 교회에 다니는 △△△의원도 장로고 ⬠⬠⬠의원도 장로였다.

1부 예배 때에도 2부 예배 때에도 나도해는 감정에 북받쳐 오른 듯이 똑같은 타임에 똑같이 울었다. 울고 또 울었다. 몇 달 내내 이 교회 저 교회에 불려 다니며 똑같은 간증, 똑같은 타이밍에 눈물을 맞췄다. 교회에 들어서면 모두가 엎어져 고개 숙이는 '원로목사, 감독목사, 담임목사' 등등 각종 이름으로 불려지는 사람들을 독대할 수가 있었다. 그리고 병장 아래 이등병 자세 같은 부목사 안내를 받으며 사회적 경력이 풍부한 집사들이 가져다주는 커피를 마시는 신나는 일들도 경험했다. 교회 대빵 목사 손에 부목사, 장로, 권사, 집사 공천권이 있나보다.

정말 인생은 알 수가 없다.

S# 8.

세월이 많이 지나갔다. 같은 사람이 같은 사람이 아니게 만든 세월이었다. 마트를 가든 약국을 가든 사람들은 그녀에게 저…… 어머니이 하고 불렀다. 그녀는 어머니가 아니다. 아들도 없고 딸도 없다. 심지어 강아지도 없다. 그냥 구설란이다. 그런데 사람들은 대충 그녀에게 어머니라고 불렀다. 이름을 몰라 그런다 하더라도 어머니도 아닌 사람이 어머니가 되고 보니 처음엔 좀 어색했다. 그래도 아줌마보단 나아보이기도 했다. 그런데 어머니, 이모라고 불려도 아줌마와 별반 큰 차이는 없었다. 네 눈엔 내가 어머니로 보이냐……

구설란은 두 번 다시 반반한 얼굴의 남자를 사귀지 않으리라 마음먹었다. 능력도 없는 주제에 얼굴로 돈을 벌어 보려 하는 사고방식도 너무 싫었다. 구설란 인생에서 가장 순수했던 시절 만났던 김일봉은 그런 인간이었다. 성형수술 비용도 없던 시절에 만난 구설란과 김일봉은 원판으로 버텼다. 서로를 천연기념물처럼 대하자 했지만 서로 천연기념물의 가치를 잘 알지는 못했다.

천연기념물이라고 해서 돈이 저절로 떨어지는 것은 아니었기 때문에. 그는 가난이 싫다 했다. 가난이 좋은 자가 누가 있겠는가. 모델 일을 하던 김일봉에게는 돈 많은 자들이 유독 많이 보였다. 편의점 아르바이트생으로 사는 구설란에겐 구운 달걀이나 김밥을 사러 오는 사람들이 훨씬 많이 보였다. 김일봉과 구설란의 가난은 같은 가난이 아니었다. 가난을 입은 사람이 바라보고 있는 대상은 너무나 달랐다.

비싼 옷을 사러 오는 사람과 저렴한 도시락을 사러 오는 사람은 같지 않았다. 그나마 위로 받은 것은 비싼 옷에 관심을 가진 자들은 비싼 옷 걸친 자에겐 관심이 없었지만 저렴한 도시락을 사러 오는 사람들은 가끔은 날씨나 건강에 대해 안부를 물어주기도 하며 아는 체를 해 주는 거였다.

다 털어서 김일봉에게 준 것도 결혼을 전제로 한 만남이었기 때문이었다. 그런데 그 개 같은, 말 같은 새끼가 돈을 핑계로 떠났다. 구설란에게는 전부였는데 김일봉에게는 이만큼이 아니라 요만큼이었다. 처음에 그녀에게 그렇게 다정다감한 것도 공짜로 처녀랑 관계하고 싶은 욕망이었나 별의별 의심이 다 들었다. 나쁜 자식이었다. 가진 것 없는 그녀가 그나마 남보다 열위가 아닌 자산이라고는 순수한 젊음과 성형이 필요 없는 외모밖에 없었는데 그 자식이랑 사귀면서 많이 스크래치가 났다. 교회까지 따라다니며 세례도 받은 인간이 하나님이 두렵지도 않나 싶었다. 갖은 짓 다 해놓고도 법적 결혼을 하지 않으면 아무 책임도 없고 죄가 없단 말인가. 가운데 토막을 빌미로, 아니 팔아서 팔자를 고쳐보겠다는 그 개 같은 놈의 사고방식을 알고 나서 그녀는 김일봉과 헤어졌다. 내 아무리 거지같이 살아도 너는 아니다……

그녀는 김일봉과 헤어지고 오랫동안 교회를 나가지 않았다. 월급을 주지 않아서 안 나간 것은 아니었지만 월급이 없어서 자유롭기도 했다. 김일봉과 함께 세례 받은 교회라는 이유로 나가지 않았다. 교회입장에서야 황당했겠지만 그녀에게는 추억을 정리할 시간이 필요했다.

알바엔 감정 배설이 있었다. 손님이 화를 내면 그 화가 사장에게, 사장에게로 간 화가 알바생에게, 알바생에게로 간 화는…… 거기엔 개도 없었다. 화의 종류가 하나면 그나마 낫겠는데 어떤 때는 상품으로, 어떤 때는 서비스로, 어떤 때는 만취 때문에, 어떤 때는 금전 누명으로…… 참으로 다양했다. 그런데 그걸 알고 있노라 알아주겠노라 외치며 언론에 스포트라이트를 받는 여자가 있었다. 아무도 몰라주는 인격적 모욕과 저임금 중노동의 현실을 알아주고 해결해주겠다 나서니 참으로 고마웠다. 알바생들은 합심해서 젊은 그녀를 지지했다. 열화와 같은 지지를 받은 여자는 최연소 국회의원이 됐다. 그리고 모든 알바생들을 잊고 오직 당대표만 기억하는 정치인이 되었다. 세상은 그 알바생 출신의 국회의원이 불쌍하다며 연민으로 뽑아줬지만 이후론 그녀가 그들의 갑이 되었다는 사실을 잘 몰랐다.

자신이 연민으로, 신뢰로, 선한 마음으로 도운 사람이 어떻게 변화해 가는지 추적하는 것을 국민은 배운 적이 없었다. 연기를 잘하면 갑과 을이 바뀌어도 바뀌지 않은 것처럼 보이게 할 수는 있다. 힘없는 알바생들은 그녀의 매트리스요 병풍이 되어 어제와 같은 삶을 똑같이 이어가게 되었다. 그 여자 국회의원은 알바생들의 세금도 섞여 들어갔을 거액의 월급을 받고 살다 이슈가 있거나 선거가 임박하면

늠름한 전사가 되어 상대당을 향해 잘도 싸웠다. 싸움 내용
에 알바생은 사라졌다. 잊을 수 없을 것 같은 서로였지만
놀랍게도 서로를 잊었다. 한쪽은 목표를 달성해서. 한쪽은
먹고 살기 급급해서.

　대졸자라는 구색은 맞췄지만 문창과를 받아주는 곳은
바람 부는 사막에서 사라진 터번을 찾는 것보다 더 어려웠
다. 그녀는 아무 소용도 없는 걸 공부해서 금쪽같은 시간을
낭비한 맹추 같은 여자가 되어 있었다. 그녀가 할 수 있는
일들이란 함량미달 권세가의 대필이거나 순진하고 귀여운
맛이 이미 사라진, 입시 전쟁에 뛰어든 꼬마들의 글쓰기 지
도였었다. 먹고 살기 위해 전사가 되고 보니 책 속에 있는
고상한 언어들이 뒤엉키기 시작했다. 단선적이고 직설적인
생각이 세상 살기 더 편한 것 같았다. 머리가 복잡할수록
인생도 복잡해졌다.

　교회로 돌아왔다. 돌아온 그녀는 돌아온 탕자 대접을
받았다. 교회 돈을 탕진한 것도 아니고 문란하게 살지도 않
았지만 교회에선 그녀를 돌탕이라 불렀다. 예전에 다녔을
때 봤던 집사들은 이미 장로가 되고 권사가 되었다. 자기도
계속 다녔으면 저렇게 승진했으려나. 구설란은 억울한 인

생을 토로하고 싶었다. 자신의 억울함을 들어주기만 해도 뭐든 할 것만 같았다. 개 같은 놈, 아니 년, 놈들 때문에 인생 꼬인 것에 대해 토로하고 위로 받고 싶었다. 자신의 젊음을 이용만 하던 나쁜 놈들과 자신과 동료들의 선의를 이용해 저 혼자 잘 살고 있는 년에 대한 원한도 많았다. 여유로운 교회에 나오는 사람들은 여유로워 보였고 그들은 여유롭게 그녀의 슬픔과 원통함을 들어주었다. 그 누구도 그녀와 김일봉이가 사귀었다는 사실을 기억하지 못했다. 어린 알바생들은 대형 교회에서 별 존재감이 없었다. 그들은 어떤 재수 없는 놈이 구설란을 배신했다는 편치 않은 내용을 편한 마음으로 들어주었을 뿐이다. 그녀는 김일봉이라는 이름을 거론하진 않았고 그냥 예전에 사귀었던 첫사랑이라는 표현으로 얼버무렸다. 과거 알바생 구설란은 예전에 이미 잊혀진 존재였고 지금의 구설란은 어리고 가진 것 없는 알바생이 아니었다. 누구도 그녀의 과거엔 관심이 없었다. 교회를 탓할 것은 못된다. 없는 사람의 없던 시절은 누구도 관심을 갖지 않는 것이 세상이니까.

　매주 수요예배 금요철야 주일예배 구역예배 성경공부 지역전도 모두 참석했다. 헌금을 많이 내면 교회 내 인지도를 높이는데 속도가 나지만 알바생처럼 몸으로 노력해도 비슷한 속도로 인정을 해 주었다. 그것은 세상과 좀 달랐다. 교인들은 빠르게 그녀와 익숙해졌고 구설란은 교회라는 공간에서 활성화 되고 있었다.

어렵게 차린 학원은 교회 덕분인지 구설란 능력 때문인지 만성 적자에서 흑자로 돌아섰다. 몇 몇 권사의 부탁으로 입시지도를 해 준 아이들이 sky대를 들어가면서 그녀는 그야말로 떡상했다. 구설란은 강사를 보강하고 학원을 확장했다. 구설란은 이제 당당히 헌금을 냈다. 그것도 아주 많이. 교회에선 그녀가 하나님의 역사하심을 아주 잘 나타내는 인물이라 칭하며 간증을 시키기도 했다.

"저는 모든 것을 다 포기한 사람이었습니다. 그러나 하나님께서 일어나라 제게 말씀하셨습니다. 아무도 없는 적막 속에서도 주님은 제 곁에 계셨습니다. 신이지 목사님의 말씀에 감동 감화를 받고 저는 이 만세 교회에서 세례를 받은 사람입니다. 신이지 목사님이 아니었으면 어찌 제가 이 자리에 설 수 있었겠습니까. 무일푼으로 시작해서 지금 제가 운영하는 학원에 강사 선생님만 12명입니다. 제 학원에 다니는 무수히 많은 아이들이 국내 sky 대학에 입학했습니다. 이게 주님의 역사하심이 아니고서는 그 무엇으로 설명할 수 있겠습니까⋯⋯"

그녀에게 언제 세례를 주었는지 기억도 못하는 신이지 목사가 고개를 끄덕이면서 미소를 지었다. sky대에 많은 아이들을 입학시키는 것도, 교회에 헌금을 많이 하는 것도, 신이지 목사를 찬양하는 것도 다 하나님 영광이 되는 거였다. 스타강사가 있듯이 그녀는 만세 교회 스타 간증자가 되었다. 그녀의 스토리는 눈물 없이는 들을 수 없는 거였고 교회에 빈손으로 올 수 없게 만드는 마력이 있었다. 하나님의 복을 많이 받으려면 헌금을 많이 내야 한다는 생각이 그들을 사로잡았다. 신도들은 때때로 손수건으로 눈물을 닦았고 아멘을 복창했으며 구설란을 본받아 교회 헌금을 더 많이 내리라 결심하기도 했다. 이런 대형 교회에서 신이지 목사가 구설란이란 이름을 알아보는 것만으로도 영광이었다. 영광스런 간증자의 내용은 주보에도 요약되어 올랐다. 구설란이라는 이름은 주보를 통해 신도들의 가방에도 차에도 각 가정에도 배치된 셈이었다.

구설란은 바빴다. 남편이 없어도 자식들이 없어도 있는 사람보다 더 바빴다. 학원도 챙겨야 했고 교회 새가족부에서도 활동했다. 무엇보다 새 임무를 맡았다. 어느 일요일 4

부 예배를 마친 늦은 오후에 이 집사와 정 집사가 와서 부탁을 했다.

구 집사님…… 말씀을 잘 하시니까…… 우리 좀 도와주세요. 그들이 얘기하는 것은 집회에 나와 달라는 거였다. 지금 신이지 목사가 내심 지지하고 있는 정당에 시민 찬조 연설자로 나와 달라는 것이었다. 상대당의 문제점과 비리를 적어 줄 테니 잘 인지하고 모 월 모 일 몇 시까지 광장에 나와 대략 8분 내지 10분 정도 연설을 해 달라는 것이었다. 구설란은 자신이 말을 잘해서 부탁하는 게 아니라 하필 그날이 일요일이라서 그런 것 아닌가 의심부터 들었다. 배우자도 없고 자식도 없고 명절 때마다 하루 종일 교회에서 살고 있으니 가장 만만한 게 자신인가 하는 의구심이 들었다. 그러나 신이지 목사가 내심 그 정당을 지지하고 있는 것은 맞았다. 네, 그러지요. 말할 내용을 메모해 주세요. 제가 정리해 한 번 해 보겠습니다……

생각보다 사람들이 많이 나와 있었다. 구설란 차례가 왔다. 그녀는 단상에 올라가 외쳤다. 미리 받아 본 메모에는 상대당 대빵이 얼마나 나쁜 놈이고 죽일 놈인지 일목요연하게 적혀 있었다. 내용의 절반만 사실이라 해도 그는 효수형을 당한들 문제될 게 없는 인간이었다. 거짓인가 사실인가…… 상관없다. 천하에 이런 개자식이 없다는 식의 얘기는 엄청난 박수갈채를 받았다. 갑자기 나치 괴벨스가 생각났다. 예전엔 왜 인간들이 선전선동 하는가, 선전선동하는 그들은 누구인가 궁금한 적이 있었다. 단상에 올라와 이렇게 외치고 보니 그녀는 이해가 됐다.

가슴 한 구석 묵혔던 응어리가 서서히 풀리는 것을 느꼈다. 욕받이가 되는 대상이 누구든 간에 지금 그녀의 말 한마디 한마디에 박수를 보내고 환호를 지르는 사람들의 모습은 그녀의 과거를 풀어주고 위로해 주는 의식이었다. 아, 이 방식을 이용했구나 하는 생각이 불현듯 스쳤다. 알바생을 이용해 국회의원이 된 그 여자애 아니, 여자는 이제 아주 의젓한 자세로 국회를 휘젓고 다녔다. 선전선동을 잘하니 국회의원이 되는구나…… 순진한 알바생들은 그녀의 박수부대가 되어준 것이고 국회로 들어간 그녀는 전략적으로 박수부대를 아예 바꿔버렸다. 찌질한 알바생에서 지역의 장을 꿈꾸는 좀 더 여유 있는 중년 부대로.

구설란은 찬조연설을 마무리 짓고 내려오면서 만감이 교차했다. 저렇게 박수치고 구호를 따라 외치는 사람들이 신기루라 할지라도 그 신기루 때문에 사막에서 몇 걸음이라도 더 걸을 수 있는 것 아닌가. 국민들은 그들의 삶과 직결되는 정책이나 행정 역량보다 마이크 잡고 사이다 발언

하는 것을 더 선호했다. 공부 안 해도 속 시원한 욕 한방에 떡상하는 것이 정치라면 도전해볼만한 남는 장사임이 분명하다. 그녀는 의외로 이 자리가 자신에게 잘 맞을지도 모른다는 생각이 들었다.

이래서 연예인이 다들 되려고 하나. 학원 대신 연예기획사를 차려볼까. 대중의 심리를 더 잘 파악할 수 있다면 성공할 수도 있겠다. 만세 교회는 영상 시스템도 잘 갖춰져 있고 방송 전문 인력도 넉넉해서 구설란이 설 자리는 없었다. 그런데 오늘 왜 이렇게 심장이 박하사탕 같은지…… 구설란은 앞으로도 이런 자리가 자주 생기길 바랐다.

김일봉 한 놈 때문에 결혼을 못한 건 아니었다. 많은 부분 비혼의 이유를 만든 장본인이 김일봉이긴 하지만 오직 그만이 비혼 이유 전체는 아니었다. 각자 봉 잡으러 가자고 할 때 성가대 지휘봉으로라도 때려주고 싶었다. 그와 이별한 후 정말 심각하게 돈 생각을 하게 되었다. 쉬운 방법으로 돈을 버는 사람도 있겠으나 정직한 노동으로 벌어보자는 것이 구설란의 마지막 자존심이었다. 그 마지막 자존심은 대한민국에서 잘 안 통했다. 버는 돈은 뻔했고 뭘 해도 생각만큼의 돈은 모이지 않았다. 평범한 가정을 꾸리고 소소한 일상을 살았다면 바라지도 않았을 한 방이 필요한 인생이었다. 아 아 어찌 잊으랴 김일봉과 그 국회의원을.

이제 그녀에게 그 한 방이 다가올 것만 같았다. 그녀는 매주 집회에 나갔고 마이크를 잡았다. 그녀를 향한 박수 소리는 한여름 소나비 소리처럼 크게 쏟아졌다. 비가 오면 우비를 입고 호우주의보가 내리면 서너겹의 김장용 비닐을 썼다. 방수 방석을 깔고 꽹과리를 쳤으며 노래를 부르고 소고를 두드렸다. 그녀는 삶의 이유……는 아니고 삶의 에너지를 찾았다. 신이지 목사가 금일봉을 줬다. 권사 집사들은 한 배를 탔다고 했다. 배를 띄우려면 돈이 필요하다. 집회가 있는 곳에 그녀가 있었다. 만세 교회는 사회 곳곳에 마치 혈관처럼 그 영향력이 안 미치는 곳이 없었다. 주객이 전도된 교회지만 아무 문제없었다. 주객이 전도된 게 어디 교회뿐이랴. 대한민국 자체가 전도되어 있는데……

집회 연설을 마치고 내려오는데 몇 몇 털실 뭉치처럼 모여 있는 사람들이 일부러 들으라는 듯 떠들었다. 어이구 열사 났네. 열사 났어. 쟤네들 ▢▢▢ 당선시키려고 저 지랄이야. 누가 모를 줄 알구? 킁…… 누가 찍어준대? 떡줄 놈은 생각도 않는데 김칫국부터 마신다니까. 반대편인지 그냥 지나가는 객인지 모르겠으나 정말 그냥 지나가면 될 일을 터진 입이라고 함부로 떠들며 지나갔다. 구설란은 웃었다. 뭘 몰라도 한참 모르는 인간들이라 생각했다.

국민들은 정치인들과 국민의 관계를 잘 모르는 것 같다. 국민들은 자신이 정치인에게 떡을 준다고 생각한다. 아무리 지하철역 앞에서 고개 숙이고 절을 해 봤자 소용없다, 정치인 너희는 국민의 일꾼이자 머슴 아니냐.

이래서 정치인들이 국민을 업신여긴다. 사실 국민에겐 떡이 없다. 떡은 적어도 정치인들 손에 있거나 아니면 그들이 떡집 사장이다. 가짜 그림 떡을 국민의 손에 쥐어주고 네네 감사합니다, 한 떡 부탁합니다, 연기를 한다. 선거 때마다 왜 국민이 알지도 못하는 수많은 조직들이 엄청난 자금 속에서 움직이겠는가. 그들은 당선될 의원들이 나눠 줄 '자리'와 '돈'을 위해 뛴다. 이 매력적인 유인책을 국민은 만들어 내지 못한다. 오직 당선되는 선거 후보자 정치인들이 만들어 낸다. 들으면 알 법한 각종 기관장, 국가 단체장들이 바로 그 정치인들의 오른팔이요 왼팔이다.

그들이 바로 선거 때 맹렬히 뛴 사람들이다. 자리와 돈을 향해 맹렬하게 뛰는 사람들이 정치인들에게 진짜 국민이며 위계질서로 따지자면 그들이 정치인 아래다. 이래서 저들이 국민은 개 돼지라는 소리를 함부로 하는 것이다. 그

'돈'과 '자리'를 오랜 시간 밑바닥부터 착실하게 올라온, 능력이 입증된 실력자가 가져가는 구도라면 좀 다른 양상이 나타나려나……

선거 때마다 여기저기서 절을 해대니 국회의원은 우스워 보인다. 심지어 지역 문제와 정책에 무지하기까지 하다. 이상한 댄스를 추지 않나, 이상한 쇼를 하지 않나, 육두문자 쏟아내며 싸우질 않나. 카메라 앞에서조차 마구 싸움질을 해댄다. 아마 당대표에게 이쁨을 받으려고 그러나 보다. 이렇게 잘 싸우고 있으니 봐 주십시오…… 국민들은 그들이 우습다. 그런데 그 국회의원들을 우스워 하는 국민들은 어디 법률사무소나 시장실, 회사 사장실이라도 방문하면 급 공손 모드로 바뀐다. 이것이 국민들의 모습이다. 그렇지만 그 법조인이나 공공 단체장, 그룹 사장, 회장은 국회의원에게 절절 맨다.

이상한 조직 구도다. 차라리 만세 교회 위계질서가 더 정직하다. 모두 담임 목사 명령 한 마디로 일사불란 하지 않은가. 법을 만드는 자가 국회의원이라지만 그들은 국민을 위한 법에는 관심이 없다. 오직 반대편을 죽이는데 가장 효과적인 법을 만드는데 몰입한다. 거기엔 상대당이 추진하는 거의 모든 법안을 부결시킬 준비가 포함된다. 그들에게 법안의 내용은 파악할 대상이 아니다. 포장이 민주니 정의니 해서 국민을 현혹시키니까 뭐 필요한 법인가 보다 하고 국민이 그냥 넘어갈 뿐 그들을 제재할 아무런 힘이 없다. 실질적으로 진짜 국민을 위한 법들은 국회에 계류 중이거나 시한을 넘겨 폐기됐다.

너희들은 떠들어라, 나는 앞으로도 계속 집회에 참석하고 연설을 할 것이다. 구설란이 대한민국의 이 명확한 계급을 잘 이해하는 데까지 얼마나 많은 상처와 세월이 걸렸는지 저들은 모를 것이다. 한 번만이라도 국회의원이 되고 나면 차기 총선에 떨어져도 일반 국민은 어림도 없는 자리를 꿰차는 게 국회의원이다. 죽는 날까지 한 번의 국회의원이라는 타이틀로 만들어지는 또 다른 자리는 반영구적이다. 그러니 계속 당선되는 의원들은 얼마나 인생이 든든하겠는가. 당선됐다 떨어졌다 해도 '전 국회의원' 타이틀로 차지할 수 있는 자리가 얼마나 많은지. 현 국회의원은 말할 것도 없고 전 국회의원이 굶어죽었다는 얘기는 머리털 나고 들어본 바 없다.

교회에선 인지도를 높였지만 교회 밖으로 나오면 아무도 그녀를 몰랐다. 이 문제를 극복해야 했다. 관종 짓을 해서 뜨는 건 한물갔다…… 아니 한물가길 바란다. 국민들이 관종만큼은 거르는 세상이 됐나…… 안됐나…… 잘 모르겠지만 국민이 똑똑해질수록 정치인은 힘들어진다. 이미 관종 짓으로 의원이 된 사람들이 부러웠다. 정책도 전문가다운 식견을 갖추지 못하고, 지역 현안에 대한 이해나 제대로 된 민생탐방 없이 스쿱으로 뜬 아이스크림 같은 지붕 아래로 들어가다니. 지역구 국회의원은 자기 지역에 관심이 없다. 알지를 못한다. 알 생각도 안한다. 그래서 그 지역이 늘 그 밥에 그 나물이다. 메뉴가 도무지 바뀌지 않는다. 의원들은 그 지역 주민들 표를 얻어 당선됐지만 지역을 챙기지 않고 여의도에만 관심이 많다.

아무리 국회의원이 국가 전반의 일들을 다 아우르는 자격을 부여받았다 해도 비례가 아닌 지역구 의원은 지역을 챙기는 것이 마땅하다. 뽑아준 국민은 뒷전으로 보내고 여의도 바라기만 된다한들 그들의 당선이 취소되거나 위협받는 일도 없다. 그러니 의원들이 자기 지역의 그 뻔한 나물을 고기로 바꿔 주겠는가.

세상 살기가 나날이 힘들어진다. 구설란은 자기가 만세교회에서 더 큰 간증을 할 수 있도록 신이지 목사에게 지원사격을 요청해야겠다고 생각했다. 믿는 자에게 능치 못할일은 없다.

S# 9.

"장실장, 그 바보 왔다 갔어?"

"네, 뭐 여전히 바보 같더라구요, 하하."

"뭐래?"

"뭐라긴요. 제가 알아듣게 말해놨으니 그냥 포기하고 살겠죠. 그지같은 동네에 그런 바보가 어디 하나 둘이어야 말이지."

"감히 지깟것들이 뭘 어쩌겠다고. 걔네들 멍청해서 못 뭉쳐."

"뭉치는 건 그만두고 사태 파악도 못하던데요. 하하. 흥, 우리가 이 바닥에서 몇 년인데 감히 우리 머리 위로 올라오려고 해, 정말 웃겨요. 회장님."

"걔네들이 세상 바뀐 걸 모른다니까. 우리가 이미 의원들 다 구워삶아 놨는데 뭘 어떻게 할 거야, 지네들이. 지난 주 의원실에 가서 우리 협회가 팍팍 밀어주겠다 하니 입이 귀에 걸리더구만. 나한테 부동산 안정화 좀 부탁한다고 해서 내 그러마 약속했지."

"회장님, 다음엔 나도 데려가 줘요. 내 맛있는 거 사 드릴께."

장사인 실장은 최근 몇 년 동안 살맛이 났다. 정말 예전의 힘들었던 삶에 대해 보상받는다는 느낌이 들었다. 영업을 핑계로 남편의 허락을 받은 성형도 잘 나왔고 자격증은 없지만 부동산에 취직해서 실장이라는 높은 직함도 갖고, 많지는 않지만 돈도 벌게 되었다. 생긴 대로 살지 뭔 성형이냐는 남편은 그녀의 바뀐 모습을 보며 흡족해 했다. 어우 꽤 잘나왔네, 딴 여자랑 사는 것 같아 하며 좋아라 했다. 수술 후 너무 아파 먹지도 못했더니 자연스럽게 약간의 다이어트도 됐다. 장사인은 버스 광고판에 붙여진 똑같은 얼굴의 여자들과 똑같이 변했다. 자신감이 생겼다. 다 똑같아진 얼굴이라 별 감흥도 없는 세상에서 그녀와 그녀의 남편 명대단만 감흥이 넘쳤다.

이제 그녀는 아이들 학교에도 종종 나타났다. 예쁜 커리어 우먼으로 자신감 넘치는 엄마가 된 자신의 기쁨을 아이들과 나누고 싶은, 아니 아이들에게 강제로 주입시켜 함께 감흥이 넘치도록 유도했다. 아파서 굶는 김에 뱃살도 좀 뺐다. 이참에 학교 운영위원회도 도전했다. 부동산 실장 도전에 성공했고 성형수술에 성공했고 학교운영위원회에 성공했다. 장사인은 스스로 성공한 자신이 너무나 대단하다고 느꼈다.

옛날엔 아이 성적이 최상위권일 때만 학부모가 나타나 활개를 치고 학교운영위원회도 하고 그랬는데 요즘은 애가 꼴찌라도 별 상관이 없었다. 민주, 민주 떠들더니 결국 사회가 민주화 평등화 되었나 보다. 일등짜리 애 엄마도 우스웠다. 자신은 학교운영위원회 위원 아닌가. 학교의 대소사일에서부터 건물 후면 담장 정리 공사 회의까지 참여하고 구전도 챙기는 학교 어른이었다. 참여하는 자에게 기회가 주어진다.

장사인은 자신이 참여하는 모든 일들이 자신 덕분에 성공한다고 생각했다. 인물 좋지, 말 잘하지, 학교운영위원회 위원이지, 뭐든 도전하고 참여해 다 손에 쥐었다. 어느 시 시장은 학교운영위원회 출신이라지 아마. 실업자 백수 신세를 면치 못했던 남편 명대단도 시의원 최측근이 되어 여러 모이를 물어다 주었다. 참새 같던 남편이 독수리가 되어 가끔은 족제비도 물어다 주는 쾌거를 이루었다.

그녀의 학창시절 별명은 방물장수였다. 공부에 별 관심이 없었던 그녀는 이모가 가져다주는 희한한 물건에 작은 이문을 남겨 아이들에게 팔았었다. 현찰도 좋고 외상도 받았다. 시대에 뒤떨어진 장사 같기도 했지만 의외로 꽤 쏠쏠한 이익이 생겼다. 그녀가 장사수완이 좋은 게 문제였다. 그와 비슷한 동종업자들이 생겼다. 이 미친…… 망할 년들이 남의 영업장을 흩뜨려놓다니…… 싸움 끝에 모두 교무실로 끌려갔고 선생들의 협박에 모든 영업을 중단했다. 선생들은 선처를 했다 하지만 그녀 입장에서는 상도덕을 파괴하는 행위요 영업방해였다. 홀어머니 밑에서 삼남매가 힘겹게 사는데 도움은 못줄망정 훼방이나 놓다니 정말 억울하기 짝이 없었다. 그녀는 학교가 국민에게 국가의 일원으로 사는 데 필요한 최소한의 교육과 기술을 가르치는 곳이라 생각하지 않았다. 그녀의 삶을 방해하는 것은 나쁜 것이다. 그게 학교가 됐든 뭐가 됐든 간에.

공부의 중요성도 공부하는 방법도 집에서 배워본 적이 없었다. 학구적인 것과는 거리가 먼 학생이었고 굳이 학구적이려고 생각해 본 적도 없었다. 안되면 되게 하라는 말도 그녀의 집에선 먹히지 않는 구호였다. 안되면 말고 되는 것만 하라는 것이 그녀의 어머니와 삼남매가 사는 방식이었다.

더 이상 영업을 방해하는 선생들을 피할 필요 없이 그녀는 졸업을 했다. 고등학교 때 이모가 물건 받아오라고 심부름 시킨 가게에서 지금의 남편 명대단을 만났다. 이래봬도 난 첫사랑과 결혼한 여자야 하며 자랑을 했다. 그녀의 남편은 그런 얘기가 좀 켕겼지만 뭐 아내가 저리 좋아하니 그냥 자기에게도 첫사랑이라며 박자 맞춰줬다.

세상엔 살아보려고 하면 뭔 법과 규제가 많았다. 결혼하고 얼마 지나지 않아 그들 부부가 사는 집이 산사태로 붕괴되었다. 그래도 다행인 것은 깨어 있었던 초저녁이라 피신이라도 할 수 있었다. 그러나 관을 상대로 아무리 얘기해도 복구가 쉽지 않았다. 같은 홍수 피해인데 서울은 바로바로 처리가 되었다. 지역이 다르면 홍수 피해 처리도 다른가 싶었다. 명대단의 설득력에 문제가 있었는지 관에서는 조금만 더 기다리라고 했다. 그 기다림은 그해를 넘겼다. 그리고 그 기다림의 끝은 억울함으로 남았다. 결국 그녀는 유산을 했고 남편과 울면서 그 지역을 떠났다. 장사인은 이게 다 자기 부부가 서울에 살지 못해 생긴 일이라고 생각했다.

재봉틀을 배웠다. 가게를 낼 수가 없어 작은 봉제 공장 같은데서 수선도 하고 이불이랑 베개도 만들었다. 그러나 그 일은 생떼 같은 떼놈, 중국에게 거의 다 잠식당했다. 또 영업방해였다. 그녀의 남편은 달력도 만들고 명함 찍는 일도 했다. 그는 명함을 만들며 세상에 얼마나 많은 직함이 있는지 알게 되었다. 분명 같은 사람인데 어제 다르고 오늘 다른 명함도 있었다. 특히 선거 때에는 더했다. 잘 바뀌지도 않고 확실한 직종의 사람들은 별 돈이 안됐다.

그는 선거 즈음 자주 바뀌는 명함의 소유자들과 친분을 쌓으며 덤으로 더 나은 양질의 명함을 제공해 주었다. 거기에는 영업방해가 없었다. 약간의 손해가 이익으로 돌아온다는 진리도 깨닫게 되었다. 종교도 아닌데 종종 깨달음을 얻었다. 그들에게서 너털웃음 웃는 법, 되게 친한 척 악수하는 법, 자신이 왕년에 뭘 했다 구라를 치는 법도 터득했다. 붕괴된 집을 복구하는 법을 몰라 고생했지만 대신 다른 법을 배웠다. 학교 공부는 안됐는데 이 공부는 되는 거였다. 되는 것만 하자.

어떤 세상 물정 모르는 인간들이 ■■구역 부동산의 비리를 파헤치겠다고 나섰다는 말을 들었다. 온라인에서도 떠들고 오프라인에서도 떠들어댔다. 이것들이 정말…… 영업방해를 하겠다 이거지…… 남이사 물건을 팔든 막든 뭔 상관이래. 그깟 거지같은 집 가지고. 고춧가루나 확 뿌려야지.

부동산 중개사들만의 은어로 특정한 집을 팔리지 못하게 중간에서 방해하거나 집값을 헐값으로 만드는 행위를 일명 '고춧가루 뿌리기'라고 했다. 강남 고가 주택은 알아서 올려주지만 서민 집들은 그야말로 부동산 중개사 손아귀에 달려있었다. 강자에겐 약해지고 약자에겐 강해지는 인간들이 여기에도 있었다.

　"장실장, 쟤네들이 떠드는 온라인 사이트에 모두 들어가 훼방 놓자고."
　"그래요, 저것들이 우리 협회 무서운 줄 모른다니까."
　"가족들도 모두 동원해. 그러면 바로 400명은 일주일 안에 다 모을걸. 저래봤자 설쳐대는 놈 저쪽에 몇 놈 없으니 금방 끝낼 수 있어."
　"알았어요. 회장님. 식구들 이름으로 모두 가입해 주민인 척 하지 뭐. 주민들이 관심도 없고 나오지도 않는데 몇몇이 부동산 내막을 알았다고 뭐 움직일 것 같나?"
　"선량한 주민은 시세에 관심 없다, 너희들 같은 놈들만 부동산에 집착한다, 뭐 이런 분위기로 몰아가면 우리가 하는 조작에 대해 아무도 신경 안 쓴다니까."
　"네이버가 부동산 아니면 개인이 못 올리게 하는데 지네들이 무슨 수로…… 흥! 아무리 여기저기 내놓고 떠들어

장사인　　　　　　　　　　　　　　　　　　　　*119*

도 사람들은 제일 먼저, 제일 많이 네이버를 본다니까요. 네이버를 우리가 장악했는데 지네들이 뭔 수로 우릴 이기겠어. 의원들도 우리한테 굽실거리는데.”

“몇 몇 놈은 자기가 무슨 회사를 운영하네 하며 떠들더라구. 자기네 학벌이 어쩌구 재산이 어쩌구, 나 원 참.”

“그래봤자죠. 고 몇 놈 합친다고 우리 협회를 이길 수 있나?”

“이 바닥 정치 줄이 얼마나 굵은데 까불어. 의원 한마디면 국민이고 뭐고 없지. 지네들이 우리만큼 표를 모아올 것 같아?”

“그러게 말이예요. 정의? 정의 같은 소리하고 있네. 가격은 우리가 정해! 매물 수도 우리가 정할 거고! 그렇죠 회장님?”

“그럼 그럼, 장실장. 우리가 법이야.”

“더 떨어뜨려야 해요. 나 아직 돈이 안 돼. 여기 올라온 지 몇 년 안됐잖아요. 여기 집 사려 하는데 저것들이 저 지랄이야. 좀 더 떨어뜨려야 대출이 필요 없지요.”

“그래, 우리 고향에서 자기도 여기 살고 싶다고 집값 좀 더 다운시켜 달래. 솔직히 살기는 좋잖아.”

서울은 아니었다. 수도권이지만 수도권 중에서도 구획

이 잘 되어 있는 지역이었다. 선거 두어 번만 치르면 더 큰 아파트를 사거나 서울에 입성할 수 있겠다고 두 여자들은 생각했다.

장사인 실장은 부동산 바닥이 얼마나 촘촘한 그물로 연결되어 있는 지 안다. 그래서 든든하고 자랑스럽다. 모든 것을 결국 성공시키고야마는 자신은 드디어 성공했다고 생각했다. 이 바닥은 영업방해가 영구히 없을 것이다.

비쩍 마르고 병색이 완연한 여자가 찾아왔다. 지역이 다른데 물건을 받아줄 수 있냐는 것이었다. 집을 팔아 병원비와 빚을 해결하려 한다고 했다. 지역이 달라도 헐값이면 받아주겠는데 헐값이 아니었다. 헐값은 헐값인데 헐값이 아닌 상황이었다. 이미 분양가보다 훨씬 떨어진 상태였지만 중개사들은 거기서 더 떨어뜨릴 계획을 가지고 있는 동네였다.

가격이 높으면 팔기가 어렵다. 몇 배를 뛰어야 하는데 수수료는 정해져 있으니 누가 그 어려운 일을 하겠는가. 영업 전략이 없을 땐 박리다매가 최고다. 그 물건이 남의 전 재산이든 맥주 한 상자이든 장사인에겐 매한가지다. 쉬운 방법 놔두고 그 어려운 길을 택하는 부동산은 강남밖에 없다. 그들은 크게 놓고 크게 먹는 법을 선택한다. 그리고 정말 크게 산다. 그건 그들의 능력이고 이 지역 부동산들은 너무나 몹시도 참으로 착해서 그렇게 리스크를 안고 살지 않는다. 가끔 꿈이 큰 놈들이 특정 지역을 찜해 놓고 본인이 헐값에 그 지역 집들을 매입한 후 갑자기 집값을 급등시켰다.

업자들만이 매물을 올릴 수 있는 네이버를 장악했기 때문이었다. 다른 지역과 비슷한 조건인데도 자신이 매입한 지역의 장점만 신안 앞바다 염전처럼 온라인에 드넓게 펼쳐냈다. 홍보와 댓글 부대로. 정치와 좀 비슷하다. 업자들은 그렇게 이익을 창출하고 집값을 좌지우지 했다. 정직한 노동은 정말 필요 없는 세상이 되었다. 그 시간에 각종 몸단련으로 섹스하기 더 좋은 몸매를 만드는 것이 낫다고 장사인은 생각했다. 주민들은 부동산업자들을 잘 몰랐고 부동산업자들은 주민들을 잘 알았다. 이미 게임은 끝난 거였다.

장사인 실장은 자신이 내막을 좀 알아봐 줄 테니 다음 주 쯤에 다시 한 번 오라고 했다. 내막을 알아볼 필요도 없었다. 이미 며칠 전 부동산 친목 모임에 단체로 등산까지 하고 놀다왔는데 뭘 모르겠는가. 장사인 자신은 영업을 하는 사람이지 자선사업가가 아니라고 생각했다. 병색이 완연한 저 바보 같은 여자가 다녀간 내용은 회장한테 보고하는 게 좋을 듯 했다. 이 바닥은 모두 연결되어 있다.

명대단은 너무 바빠졌다. 한 밤중에도 전화하고 새벽에도 전화가 왔다. 휴대폰도 3대라서 여기저기서 울려댔다. 선거 때만 되면 이 지랄이었다. 매달 들어오는 돈이라면 그나마 참겠는데 그것도 아니었다. 정산은 대부분 후불제였고 어떤 재수 없는 의원 새끼는 그나마 그 돈을 쓱싹 떼어먹기도 했다. 어쩔 수가 없었다.

정찰제도 아니었고 영수증도 없었으며 법적으로 보호받는 돈도 아니었다. 다만 저들을 정말 혼내주고 싶다면 자폭하는 심정으로 논개처럼 돈 떼어먹는 놈을 껴안고 같이 죽는 방법이 있었다. 세상에 어느 영업이 쉬운 게 있으랴. 스펙도 별로고 일거리도 없었던 오빠 두 명도 장사인 남편 명대단 일을 도왔다. 장사인 실장도 바빴다. 동네 중개소 친목회 총무가 되었다. 학교운영위원회 위원님에다가 총무님이 되었다. 애들 성적이나 뒷바라지는 친정엄마에게 맡겼다. 친정엄마도 공부를 못했으니 아는 게 없었다. 그러나 상관없었다. 장실장이 이렇게 잘 나가고 있고 사위도 잘 나가고 있으니 애들이야 부모덕 보고 살면 되겠다 생각했다.

"요즘 내가 좀 그래."

"뭐가?"

"당신한테까지 세세하게 얘기하긴 그렇고…… 지금 내가 아주 중책을 맡았거든. 이번엔 청와대 줄이야. 확실해"

"어머, 여보…… 당신 그렇게 열심히 일하더니 정말……"

"아니 아직은 내가 드러날 수는 없는 상황이고 중요한 연락책 역할을 맡았는데 좀 위험해서……"

"뭔데, 뭐가 위험해? 우리 집 붕괴됐을 때처럼 위험한 거야?"

"아니, 아니 그때 같기야……하겠어?"

"그럼 뭐, 너무 걱정할 일은 아니네."

"내가 항공권 끊어 줄 테니 애들하고 여행 좀 다녀와. 마침 방학 때니까."

"항공권? 어디?"

"멀리…… 미국이나 중국, 일본에서 먼…… 그래 호주, 호주로 가 있어. 내가 연락할 때까지. 모처럼 애들하고 좀 쉬다와."

"호주? 왜? 왜 호주여야 해?"

"아니 그냥…… 미국이나 일본, 중국이나 러시아 말고 뭐 다른 나라 없나 생각해 본거야. 한국한테 별 관심 없는 나라에 가서 편히 지내다 오라고."

"그건 또 무슨 말이야? 그런 나라들에 다녀온 사람들이 많으니까 독특한 다른 곳으로 다녀오면 좀 색다를까봐? 아이, 뭐 그런 것까지 신경 써? 그럼 남미 쪽이 좋겠네. 하하하."

"거긴 치안이 어떨지 잘 모르니까…… 하여간 호주도 괜찮고 뉴질랜드도 괜찮고…… 아르헨티나나 조지아도 괜찮을려나……"

"알았어, 알았어. 이렇게 잘난 남편이 처자식 해외여행 시켜준다는데 나야 땡큐지. 근데 당신 뭐 어려운 일 있어?"

"아니, 별 건 없고, 괜히 기자들이고 뭐고 취재하러 올까봐."

"무슨 취재? 우리가 취재 대상인가?"

"선거 때면 늘 시끄럽잖아. 뻔한 거니까 신경 쓰지 말고 바람이나 쐬고 있다가 내가 들어오라고 하면 들어와. 애들 방학 끝나기 전엔 다 마무리 될 테니."

"나 총무고 위원이잖아. 뭐 하는 일이 많은 건 아니지만. 그래, 잘난 남편 덕에 해외여행이나 하지 뭐. 애들 되게 좋아하겠다."

그날 밤 장사인은 명대단과 함께 신혼 때를 방불케 하는 뜨거운 밤을 보냈다.

10시간 남짓으로 계절이 바뀌었다. 장사인은 영어 한마디 못했지만 하나도 위축되지 않았다. 기내에서 처음부터 끝까지 중국어로만 떠들던 아줌마 한 명이 있었는데 결국 중국어 하는 사람이 나타나 통역을 해주고 목청껏 떠들던 중국 여자를 가라앉혔다. 일부러 떠든 게 아니라 중국말 자체가 톤이 높아 시끄럽게 들릴 수도 있다 하겠지만 장사인이 깨달은 건 저렇게 시끄럽게 자기 소리만 해도 누군가 도와주고 해결해 주는구나 하는 사실이었다. 뭐 저 중국 여자처럼 하지는 않을 것이고 우아하게 아이들을 데리고 구경 온 관광객이나 하다 돌아가면 될 일이었다.

현지 교포를 섭외해 미리 부탁하는 것까지 명대단은 세세하게 신경 썼다. 브리즈번 공항은 인천 공항처럼 크진 않았다. 그러나 호주로 놀러왔다고 좋아하는 자식들이나 갑자기 자기가 이젠 국제적으로 반경을 넓히는 사람이 되었다는 기쁨에 그녀는 자신이 큰 사람이 된 것 같았다. 더 정확히 말하자면 국제적인 사람이 된 것 같았다. 잠시 남편을 잊어버렸다. 하늘이 정말 맑았고 공기도 좋았다. 명대단이 거론했던 나라 중에 호주를 선택한 건 정말 잘한 것 같았다. 다음엔 아르헨티나, 조지아도 가 봐야지……

숙소는 스프링우드타워라는 호텔에 애들 방학 동안 머

물기로 했다. 사장이 한국 사람이라는 소문을 접했기 때문이었다. 사실인지 아닌지 몰라도 방 청소하러 온 여자가 약간의 한국어를 했다. 혼혈처럼 보였다. 장사인은 팁을 줬다. 어느 영화에서 보니 양놈들은 팁이라는 것을 참 좋아하는 것 같았다. 계산착오로 거액을 팁으로 잘못 준 주인공이 간 쓸개까지 빼낼 듯 감읍하는 종업원에게 돈을 돌려 달라 말하지 못하는 영화를 본 적이 있었다. 어차피 한 번 사는 인생인데 좀 넉넉히 써보자. 자, 옛다, 받아라. 호주 종업원도 정말 감지덕지하는 모습을 보였다. 아이들에게도 너무 예쁘다는 칭찬을 한 사발 했다. 뭐라고 떠드는데 눈치껏 살피니 대강 그런 얘긴 것 같았다.

장사인은 이번에 남편일이 잘되면 호주로 이사 올까 하는 생각이 들었다. 돈만 많이 챙겨 오면 사는 것도 걱정 없을 테고, 장사인 부부의 학력도 완전 세탁되는 거였다. 그리고 아이들도 입시지옥에서 벗어날 수 있을 것 같았다. 근데 그녀는 잠시 고민을 했다. 학교운영위원 자리는? 총무는? 영어가 안 되니 여기 눌러 앉아서 뭘 할까? 안 되겠다. 여의도도 괜찮지 뭐……

뭘 상상하든 그 이상이 될 것이다. 누가 만든 말이냐. 꽤 괜찮다. 장사인의 성공신화는 계속될 것이다.

선글라스도 착용하고 챙 넓은 모자도 썼다. 남는 건 사진뿐이라 하지 않던가. 나중에 자랑질 하려면 많이많이 사진을 찍어둬야 한다. 이 선진국 땅에 여행객으로 산다는 것은 얼마나 즐거운 일인가. 조국을 등지고 떠나온 교포들에겐 여러 사연과 이유가 있겠지만 이제 조국이 돈 좀 만지는 나라로 올라서니 등질 이유도 사라진 것 같았다. 그들은 그녀에게 우호적이었다. 가게에선 한국인이라 대접받는 기적도 일어났다. k-pop 덕분인가. 사람들은 재벌이라고 욕을 했지만 그 재벌 덕분에 놀이공원 입장할 땐 한국어 티켓과 설명서를 받았다. 거기 스폰서 역할을 하는 모 기업 덕분이었다. 힘 있는 자에게 붙어 있어야 덕을 본다. 대한민국 만세다.

남편이 죽었다. 남편이 죽었단다. 장사인은 갑자기 소식을 들었다. 자살이란다. 그럴 리가 없다. 잘살아 보자고 그렇게 매일 되뇌이던 사람이 죽을 리가 없다. 아직은 수면 위로 올라올 때가 아니라던 사람인데 거의 모든 언론사에 기사가 났다. 견딜 수 없는 우울증에 시달려 죽었다 했다. 우울증에 걸린 사람이 휴대폰을 몇 개씩 들고 통화를 하며 밤이고 낮이고 사람 만나러 뛰어 다녔을까. 아직은 유명해져서는 안 된다던 장사인 남편 명대단은 죽어서 갑자기 세간의 입에 오르내렸다. 우울증에 시달려 죽었다는 죽음에 갖은 억측이 난무했다. 다함께당이나 정구당(정의구현당)이나 국사당(국민을 사랑하는 당)이나 제 각각 다른 해법을 내놓고 남의 죽음을 재단하고 있었다. 그 자체가 우울증이 아니라는 증거다. 아내 몰래 죽으려고 처자식을 호주에 가 있으라고 한 것인가. 방학 끝날 때까지 귀국하지 말라던 얘기도 결국 확실한 자살을 위한 계획이었나.

상복을 입은 그녀에게까지 뭘 취재하겠다고 들쑤시진 않았다. 그만큼은 문명화 되었다. 그러나 딱 거기까지였다. 장례가 치러지고 난 후 장사인에게 오라 가라 이거 말해라 저거 말하지 말아라 하는 인간들이 너무 많았다. 꼴을 보니 정말 몰랐겠네 하며 혀를 끌끌 차는 사람들도 있었다. 그들의 말을 알아들을 수가 없었다. 명대단이 마당발이라 표밭을 아주 많이 걸어 다닐 수 있겠다며 좋아라 하던 사람들이었다. 두 손을 잡고 어깨를 감싸고 얼굴 맞대며 사진 찍고 하던 사람들은 이제 명대단을 전혀 모르는 사람들로 둔갑했다.

하루아침에 아는 사람이 모르는 사람이 되었다. 이상한 법사인지 뭔지 하는 인간은 언론에 명대단이 족제비와 원숭이를 합친 관상이라 협잡과 모사가 가능한 인간이라 단

정을 지어줬고, 장사인도 알고 있는 유투브 별표전축이라
는 단체 사람들은 그녀의 남편이 국사당 당대표 자금 흐름
에 연락책으로 깊숙하게 관련되어 있다가 검찰에 들통이
났다고도 했다. 듣자하니 국사당 대표가 뭘 해먹었다는 사
건이고 명대단이 거기에 연루되었다는데 국사당 대표는 펄
쩍 뛰었고 옆의 측근은 아니라고 날뛰었으며 다함께당과
정구당은 쟤네가 거짓말한다고 펄펄 뛰었다. 모두가 뛰고
있는데 장사인만 가라앉았다. 뭔가 구린 돈은 드러났는데
그 돈을 만진 사람은 오직 명대단 밖에 없었다. 죽은 자는
말이 없다.

S# 10.

당장 연락을 하라고 했는데도 이 자식들이 연락이 없다. 왕연강은 화가 났다. 그렇게 고생을 하며 키운 자식들인데 부모 알기를 개똥으로 안다. 10분 동안 전화를 10번도 더 걸었다. 그런데도 받지를 않는다. 이 머저리 같은 놈들. 왕연강은 팔순을 훌쩍 넘어 구순을 향해가는 나이인데 죽을 날 생각은 안 한다. 그렇다고 살아갈 생각을 하느냐 그것도 아니다. 오직 살아왔던 날들에 대한 생각에 여념이 없다. 과거에 자신이 얼마나 고생했던 인물인가에 대한 분노와 누구에게 뭘 베풀고 산 것에 대한 미담만 기억한다. 그리고 돌려받지 못한 자신의 은덕에 대해 억울함을 토로하며 하루 일과를 마친다. 미친 듯이 일하고 또 일했지만 지금은 일도 안 하는 늙은이 취급을 받는다. 인터넷을 잘 다루지 못하고 좁쌀보다 작아 보이는 휴대폰 글자에 대한 대응이 느리다는 이유로. 노안이 심해졌다는 것은 왕연강이 왕년에 대한민국에서 꽤나 치열하게 살아온 지식인이자 산업역군이었다는 사실이 사라지는 것과 같은 뜻이었다. 세상은 달라졌다. 손 안에 모든 세상이 들어와 있었다. 손 안에 그 많은 세상을 담아내기 위해 손 밖의 세상에서 얼마나 오랜 시간, 얼마나 많은 노동이 있었는지 세상은 잊었다.

노인 인구가 넘쳐난다지만 노인은 이미 사라지고 없어져가는 존재였다. 그들이 대한민국의 미친 속도를 못 따라간다 하더라도 따라가고 싶은 마음이 아직도 살아있다는 것을 사람들은 몰랐다. 대한민국 근대화의 주역이었던 노인들은 이제 정부로부터 외면당하고 사회로부터 폐기처분되었다. 대한민국 노인들은 양심 없이 복지 혜택만 누리고 있는 식충이 대접을 받고 있다. 복지 개념도 없던 나라에 복지 정책 토대를 마련해 준 장본인이 누군가. 돈이 없으면 복지가 되나. 그런데도 대한민국 복지가 마치 구한말 이전부터 성군의 은덕으로 이미 있어왔던 것인 줄 안다. 요즘 세상이 그렇다. 그리고 앞으로 영원히 노인이 되지 않을 것만 같은, 젊은 척하는 중년들이 세상을 움직이고 있다.

왕연강은 대한민국이 후진국과 중진국, 그리고 선진국으로 진입하는 순간 모두를 경험한 사람이다. 한 세대가 이 모두를 경험하는 일은 세계사에 유래가 없는 일일 것이다. 이제 한국인은 여권 파워를 갖게 된 선진국 국민이 되었다. 그러나 그에겐 아무런 의미가 없다. 구순을 바라보는 나이에 해외여행을 다닐 기력도 없을 뿐만 아니라 다닐 기력이 있었던 시기에는 해외여행 자유화가 실행되지 않았던 때라 나라 밖 나가기도 쉽지가 않았다. 외화벌이, 국위선양의 구실이 없으면 정말 나가기가 어려웠다. 어쩌다 일 때문에 나갔다 하더라도 해외에서 한국에 대한 인식은 좋고 안 좋고의 이미지도 없는, 그런 나라도 있었더냐의 존재감 제로 국가였다. 그러니까 여권 파워니 선진국이니 하는 얘기는 왕연강에게 아무런 의미가 없다. 그는 국가가 하라는 공부와 정부가 하라는 일을 죽어라 했을 뿐이었다. 그의 부모세대까지 남아있던 관존민비 상명하복 사상은 여전히 그 시절 대한민국의 저변에서 살아 숨 쉬는 공통의 가치관이었다. 위에서 시키면 한다 가 그들의 모토였다.

왕연강 아버지는 만주사변에서도 살아남았고 해방을 맞이했다. 그렇게 맞이한 해방이란 그들이 겪는 고생에서의 해방을 의미하는 것은 아니었다. 6·25 동란이 일어났고 그들은 장진호 전투 피난길에서 마지막으로 탈출한 38 따라지였다. 그들에겐 삶의 철학이나 인생을 논하고 사유하는 힘, 미적 감각이나 창의적 사고 같은 것이 없었다. 오직 살아남아야 한다는 생존의 절박함 이외에는 다른 생각을 가질 처지가 아니었다. 왕연강도 마찬가지였다. 이미 휴전이 된 이후였는데도 군대에 갈 땐 잘 다녀오라는 얘기 대신 살아 돌아오라는 얘기를 듣고 입대를 했다. 식민 잔재가 여전히 팽배해 있던 군에서의 생활은 폭력 그 자체였다.

그는 3년 동안 배고픔과 폭력의 복무기간을 다 채우고 제대를 했다. 그러면 제대 이후엔 일반인이 되었냐, 그것도 아니었다. '산업전사'라는 호칭으로 조국 근대화의 초석이 되라는 정부의 지시 하에 일사불란하게 움직이는 역군이 되었다. 아니, 될 수밖에 없었다. 국가가 지정한 틀에서 벗어나면 생계가 곤란한 경우가 많았기 때문이었다. 거리 곳곳엔 '닦고 조이고 기름치자', '안되면 되게 하라', '무찌르자 공산당 때려잡자 김일성', '멸공의 횃불' 등등 전쟁 복구에 관한 문구나 끝나지 않은 전쟁을 각성시키는 구호가 많았다. 참전용사들이 중장년으로 넘어가던 시기에는 각 기업 입사생들이 한 밤중에 공동묘지도 갔다 오고 서울역 복판에서 일장 연설 훈련도 했다. 내용은 서울역 여행객과 아무 관련이 없는 것이었다. 명분은 담력을 쌓게 하는 거라 했지만 억울한 일을 당해도 군말 없이 참고 일하라는 뜻이었다. 이런 일도 다 했는데 그까짓 것쯤이야……라는 마음을 먹으라고. 전쟁의 상흔이었다. 내가 전쟁을 겪었는데 너희가 편하면 되겠냐, 못된 시어머니 같은 심보가 그들 혈관에 흐르고 있었다. 전쟁을 겪었던 윗선의 지시였다. 그런 지시를 내리는 사람들은 대부분 군 출신 낙하산 간부가 많았다. 그들은 스스로 그것을 기발한 발상이라 자화자찬했다. 자신이 예외가 되는 쪽팔린 일들은 다 기발한 발상이 됐다.

신입사원들에게 굳이 그런 것까지 시킬 필요는 없었다. 겪은 나이는 다 달라도 6·25동란에 어떤 식으로든 걸쳐져 있는 사람들이었다. 전쟁만큼 혹독한 게 또 있으랴. 중간 간부로 있었던 왕연강은 한 번도 윗선의 지시를 거부하지 않았다. 그 대신 본인도 그 기발한 발상에 참여함으로써 부하 직원들을 달랬다. 공감 능력이 뛰어나서 한 행동이 아니었다. 조직이 와해될까 두려운 마음에서 한 행동이었다.

그림을 그리려고 하면 환쟁이라 했고 음악을 하려고 하면 풍각쟁이라 했으며 음식을 만들거나 머리를 다듬거나 하려하면 사내새끼가 흉측하게……라며 거시기를 떼어버리라 했다. 그 시절 남자들이 할 수 있는 일들은 정해져 있었다. 아침부터 저녁 아니 밤까지 일을 하는 것이었다. 대낮에 남산에 올라가 있는 남자들은 다 실업자 노숙자 취급을 받았으며, 그곳에 있는 여자들은 일수쟁이 아줌마로 인식되었다. 일해야 하는 국민이 한가하게 남산이나 경복궁 따위에 간다는 건 있을 수 없는 일이었다. 산이나 궁이나 그런 곳은 그게 거기에 있다는 사실로 충분한 거였다. 재수가 좋으면 넥타이를 매고 일을 했고 재수가 나쁘면 작업복을 입고 일을 했다.

왕연강은 생존에 달인이 된 아버지의 도움으로 당시에는 보기 드물게 일류 대학을 나온 대졸자였고 덕분에 넥타이를 매고 일을 했다. 왕연강 아버지가 왕연강을 대학에 보낸 것은 너의 인생을 의미 있게 살아보라는 이유 때문이 아니었다. 갑돌이 하나 일어나면 그 집안 다 일어난다는 믿음 때문이었다. 대졸자가 극히 드물었던 시대 대졸자가 된 왕연강이었지만 그가 갑돌이가 되기에는 대한민국 속도가 너무 빨랐다. 그리고 그 변화가 너무 컸다. 영의정 한 명이 일가친척 모두 먹여 살리는 사회가 아닌 것이었다. 집안을 일으켜 세우려면 최소한 갑돌이가 서너 명은 더 있어야 하는 시대로 바뀐 것이다. 온 집안이 합심해서 한 명에게 쏟아부었다 해도 혜택 받은 그 한명만 간신히 일어서는 사회 구조로 바뀌고 있었다. 그는 그런 대한민국에서 가족에게 큰 부채가 있는 한 명의 산업 전사였다.

왕연강은 민족 중흥의 역사적 사명을 갖고 잘살아보세 노래를 부르며 불철주야 일을 했다. 1, 2차 오일 쇼크 땐 한 등 끄기 운동, 갱지 쓰기 운동, 보리밥 먹기 운동부터 시작해서 '상쾌한 아침이다 걸어서 가자'로 시작하는 노래를 아침저녁 강제로 들으며 먼 거리도 기꺼이 걸어서 출퇴근을 했다. 눈보라와 장맛비를 맞아가면서. 오일 쇼크 파장은 매우 커서 아침부터 정오까지 나오는 TV 프로그램도 중단됐다. 대부분 전날 방송했던 것의 재방송이었지만 그것마저 볼 수 없게 됐다. TV도 저녁 6시부터 시작해서 자정에 나오는 애국가를 끝으로 방송이 종료되었다.

휴대폰이 없던 시절이라 아침에 애들 학교 가고 어른이 출근하는 정신없는 시간의 정확도는 TV대신 라디오로 해결했다. 시계가 없는 것은 아니었지만 정확도에서는 중구난방이었다. 코리안 타임에서 벗어나자는 계몽이 한참이던 때이기도 했다. 라디오에선 수시로 시간을 알려줬고 그때마다 '상쾌한 아침이다 걸어서 가자, 너도 걷고 나도 걷고 걸어서 가자' 라는 노래가 반복적으로 흘러나왔다. 위기에 봉착한 국가로서 기름을 아껴야 하는 시기였다. 개미 같은 국민은 걸어서 다녔고 여왕벌 같은 정치인은 캐딜락을 탔다. 그러나 그 시절은 국민들이 캐딜락이 뭔지도 잘 모르는 시절이었기에 그냥 그런가 보다 했다. 이의를 제기하고 항의를 하려 해도 뭘 알아야 하지. 왕연강은 캐딜락이 뭔지는 알았다. 그래서 캐딜락을 탈 수 있는 날을 기대하며 정부가 시키는 대로 일했다. 그는 캐딜락 대신 포니를 탔다. 첫 출시되었을 때 정부가 사라고 권장한 탓도 있었다. 당시 포니는 성능이나 디자인 면에서 캐딜락과 엄청난 차이를 보였지만 자부심에 있어서 아주 큰 차이가 나는 것은 아니었다. 말 그대로 귀한 '자가용' 아닌가. 국민이 무지할수록 정부가 뭘 떼어먹기 좋다. 위에서 큰 떡을 먹으면 그래도 국민들에게 콩고물이라도 떨어지니 콩고물도 없던 일제시대와 6·25 동란보단 낫다고 생각했다.

아프면 진통제를 먹었고 스트레스를 받으면 위장약을 먹었다. 병가도 없었고 월차도 없었다. 말이 반공(半空)일이지 사실상 저녁 6시까지 일해야 하는 토요일도 다 견뎌냈다. 평일은 자정까지 일하는 날도 많았으니 반공일이란 단어가 맞긴 맞다. 쉰다는 건 낙오를 뜻하기도 했다. 미친 듯이 달려가는 대한민국 속도를 맞춰야 했다. 별 것도 아닌 기술을 거들먹거리며 가르치는 새파란 애송이 양놈들에게 굽실거리며 배웠다. 돈을 다 지불했어도 제대로 기술을 안 가르쳐 주던 왜놈들에게 간 쓸개 다 내놓는 심정으로 엎드

리며 사정해서 배웠다. 구둣발까지 핥는다는 각오로 유치
해온 외국 자본도 독재국가니 분단국가니 각종 꼬투리를
잡으며 유치한 밀당을 할 땐 국가 대신 엎어져 그들의 바지
자락에 매달렸다. 그렇게 돈을 벌었고 그렇게 처자식을 먹
여 살렸다. 노력을 했지만 나머지 구제는 실패했다.

　부모와 동생들을 격동의 대한민국에서 온전히 구제해
캐딜락을 태워주는 일은 끝끝내 이루지 못했다. 이루기 전
에 그들은 모두 가족 관계가 해체되어 버렸기 때문에. 왕연
강의 형제들은 갑돌이가 되지 못한 주제에 아버지의 온갖
특혜를 누린 것처럼 보이는 왕연강에게 등을 돌렸다. 어쩌
다 명절날 모이면 왜 형만 특혜야, 형이 내게 뭘 해줬어 에
서부터 시작되는 시비에서 에구 내가 죽어야지 하는 왕연
강 모친의 곡소리를 끝으로 싸움이 마무리되는 행사가 그
들이 보냈던 명절이었다.

　누구도 대한민국의 속도를 따라가지 못하는데 그 탓을
정부 아닌 가족에게로 돌렸다. 가족 간의 친목 도모나 화합
은 구전 동화에나 있을 법한 이야기였다. 목숨 걸고 탈출한
인생들이니 생존의 이유를 입증해 보여야 했다. 도대체 왜
이 땅에서 그토록 살아보려 했는지.

　그는 18년 전 심장 수술을 받았고 그 수술 이전엔 혈압

으로 인한 혈관 수술도 받았다. 안과 수술도 받았고 그의 아내는 폐암과 대장암 수술도 받았다. 의사들은 모두 다 수술을 성공시켰고 그들을 살려냈다. 대한민국 만만세. 이렇게 명줄이 길어진 그들 부부가 하는 일들은 오직 자식에 대한 욕과 사회에 대한 비난이다. 모든 것이 다 괘씸하기 짝이 없다. 이 무엄하고 괘씸한 놈들 너희가 누구 덕분에 먹고 사는데 이 쳐 죽일 년 놈들아, 그의 하루 일과는 욕으로 시작해서 욕으로 끝난다. 아무리 생각해도 또 괘씸하기 짝이 없다. 이 배은망덕한 새끼들이 아버지 때문에, 어머니 때문에 자기들이 괴롭고 슬프다며 꼴값을 떤다. 도대체 뭐가 불만이란 말인가. 밥을 굶기길 했나 잠을 안 재웠나 학교를 안 보냈나 도대체 뭐가, 왜.

남들은 못 받아먹는 회사를 거의 날로 먹게 해줬는데 이것들이 이제 와서 슬슬 왕연강을 피하고 있다. 복잡한 가업승계제도도 자신이 다 파악해 해결해 줬다. 비상장주식 평가를 해 보니 기업가치가 7~80억 원 남짓이었다. 원칙대로라면 엄청난 상속세를 멍청한 자식 놈들이 어떻게 감당하겠나. 왕연강이 기업 상속 제도를 적극 활용해서 다 살아갈 길을 열어줬다. 하기 싫다고 꾀만 내는 놈들을 다그쳐 결국 몇 배가 넘는 가치를 창출해 줬다.

기업의 승계에 대한 증여세 과세특례 제도가 600억 원까지 한도가 확대되었으니 이제 자식 놈들은 별 잡생각 없이 일에 전념하기만 하면 된다. 그런데 저 철딱서니 없는 나약한 자식 놈들은 이 정도로만 살면 좋겠다는 참새 같은 소리만 했다. 이게 다 너무 편히 커서 하는 소리들이다. 아버지가 언제 우리를 살펴보기나 했냐, 대화를 나눠보길 했냐, 막내가 죽었을 때 울지도 않았던 사람이 아버지다, 아버지는 강압적이고 너무 독단적이다…… 뭐 대강 이런 잡스런 원망으로 왕연강을 나쁜 늙은이로 내몰았다.

비싼 밥 비싼 학비 다 대줬더니 이제 와서 그딴 소리나 해, 나 때는 말이야 공짜가 없었어. 하다못해 거지같은 퍼세식 화장실도 다 유료였다구. 이것들이 편히 먹고 살게 해주니까 정말. 지금은 흔해 빠진 바나나라지만 옛날엔 그거 하나 먹이기 위해 얼마나 많은 일을 해야 했는지. 바나나 한 개가 사과 한 상자 가격이었다. 자식들이 먹고 싶다 하니까 그 귀한 바나나를 구하기 위해 남대문 수입 상가를 떡집 드나들 듯 다녔다. 굶기를 밥 먹듯 했던 왕연강은 식구들 먹이는 일에 진심이었다. 막내가 죽은 건 병 때문에 죽은 거지 내가 죽였냐. 나는 전쟁 때 죽은 사람을 부지기수로 봤다.

팔 다리가 떨어져 나간 사람, 가슴이 뻥 뚫려 죽은 사람, 부모 잃고 길바닥에서 나뒹구는 다친 아이들, 아직 살아 있는데도 그 위를 밟고 가는 사람들…… 난 다 보면서 여태껏 버텨왔다. 응, 너희들 이제 배가 부르다 이거지. 왕년에 자신이 강한 정신으로 얼마나 열심히 일했는지 자식들은 모른다. 너희 같이 등 따습고 배부른 것들이 나 같은 조국 근대화 산업 역군을 어찌 이해하겠냐. 누구 덕분에 이런 나라에서 사는데. 너희가 누리는 모든 것들은 다 앞 세대가 이뤄 낸 것이다. 오지 않는 버스를 오게 만들고 가지 않던 기차를 가게 만들었으며 올릴 줄 모르던 건물을 초고층으로 올렸다. 너희들은 당연히 누리는 수세식 변기지만 앞 세대는 한 겨울 산처럼 쌓이는 똥통 재래식 변기에서 똥꼬가 어는데도 볼 일을 보았다. 도대체 뭐가 불만이냐.

당장 나가서 일하라 야단을 치니 그나마 둘째 놈이 대표직을 수행하고 있다. 주식회사 당장(當場)은 왕연강의 작품이다. 코스피 상장 회사들의 평균 수명은 30년 정도에 불과하다. 그런데 여태껏 망하지 않고 버텨온 것은 다 왕연강 덕분이다. 그의 간 쓸개는 이미 역사와 정부에 헌납되었다. 아비의 굴욕으로 자식의 자존심이 세워진 건데 저런 배은망덕한 새끼들이 사랑이 어쩌니 마음치유가 어쩌니 자존감이 어쩌니 개소리를 하고 있다.

세상이 거꾸로 돌아가니 그런 감성 나부랭이 말로 먹고 사는 희한한 놈들이 각종 전문가, 강사랍시고 나타났다. 그리고 사람들을 개 같은 원망의 늪으로 이끌고 간다. 그런 헛소리가 가장 심했던 첫째는 읍참마속의 심정으로 내쳤다. 세상 무서운 줄 모르고 돈이 하늘에서 저절로 떨어지는 줄 알던 손주 새끼 한 놈은 무슨 스탄인지 기탄인지 하는 나라 여자와 결혼했다고 일방 통보를 해 왔고 죽어라 공부시킨 딸년은 여권 신장인지 뭔지를 외치며 살더니 이혼 후 정계에 진출하겠다고 돈을 달란다. 이 지랄 맞은 자식들을 다 쫓아내자니 딴 놈이 차지할 것 같은 회사 당장이 너무 아깝다. 어떻게 키운 회산데…… 경영의 끈을 놓을 수가 없다. 배후에서라도 조종하는 수밖에.

　특별히 아픈 데는 없지만 기력이 쇠잔하니 일단 일은 둘째에게 맡기고 딸내미가 관심 있어 하는 정당을 살펴보고 있다. 마음에 안 든다. 이 나라가 어떻게 만들어진 나라인데 저렇게 철없는 소리나 해대고 있나. 왕연강에게 미군은 정리해야 될 대상이 절대 아니다. 어린이에게도 권리가 있을 거라 생각지도 못했던 시절, 헬로우 기브미 짭짭 껌을 외치는 아이들에게 초콜릿과 껌을 나눠주던 미군은 감사의 대상이었다. 그 시절 대한민국 아이들은 자신이 거지라는 것을 모두 인지하지 못하고 있었다. 손 벌리고 얻어먹는 게 거지지 달래 거지냐. 인생은 각개전투요 자력갱생이다. 비록 왕연강은 미군의 구두를 닦는 소년이었지만 적어도 그들은 동생들에게 과자와 껌을 나눠주는 산타클로스였다. 아침저녁 복창과 행군으로 어린 학생들까지 들볶았던 북한 공산당과 동네 팔목시계를 모조리 다 거두어간 소련군보다는 백 배 나은 인간들이 미군이었다. 일본군이든 미군이든, 소련군이든 중공군이든 이 땅에 들어오지 않았으면 더 좋았겠지만 모든 문제는 우리 스스로가 나라를 지키지 못한 데 있다. 문제의 원인을 파악하기에는 역사 공부가 더 필요할 지도 모른다. 왕연강 가족들은 양쪽 진영을 모두 겪은 사람들이었다. 전후에 저들이 보여준 인종차별과 모욕을 모르진 않았지만 굳이 한 쪽을 택하라면 그는 당연히 정구당 지지자였다.

기업을 운영하려면 친 기업 성향의 정부가 들어와야 한다. 그런데 이상한 꿈이나 꾸고 근거 없는 아비에 대한 원망으로 말 안 듣는 자식새끼들은 이상한 당들을 지지하고 있다. 요즘 왕연강은 자식이고 손자고 가리지 않고 계속 전화를 한다. 지지당을 바꾸고 하나로 통일해 밀어야 한다고. 예에, 예에 네에, 네에 대답만 하면서 실질적으로 왕연강이 밀고 있는 당에는 가입을 하지 않고 있다. 알아서 잘 만나고 있으니 걱정 말라며 자식들은 냉큼 전화를 끊었다. 왕연강 자신이 한참 일하던 시절, 기업이 신경 써야 할 정당은 여야라고 해봤자 결국 하나뿐이었다. 독재가 좋은 것도 있었다.

TV를 보니 자기와 비슷한 연배의 정치인들이 나와서 여전히 훈수를 두고 있다. 운 좋게 대한민국 달리는 속도에 맞춰 살아온 저 할배 정치인을 보니 만감이 교차했다. 저 사람은 대한민국의 속도를 용케 알아서 달렸고 그 시속을 몰랐던 자신은 미친 듯이 따라가다 가족과 일가친척이 해체되었다. 그 속도를 알아챌 수 있었던 사람은 오직 정치인 밖에 없었다. 그들이 키와 레버를 쥐고 있었다. 자동차를 타고 달리는 정치인과 맨발로 달리는 일개 국민들은 대한민국 속도만큼 큰 차이가 났다. 시간이 지나면 지날수록 더 큰 간극이 생길 것이다. 국민들은 차를 타고 가는 그들을 재벌이라 부르기도 했고 혹은 정치인이라 부르기도 했다.

왕연강은 기력이 없지만 시위 현장에 나가서 태극기라도 흔들어 볼까 생각 중이다. 이 나라를 내가 어떻게 만들었는데……

아버지는 제발 집에만 계세요. 그 연세에 뭘 하시려고. 전화도 안 받는 괘씸한 자식들이 왕연강이가 시위대에 참석하자 갑자기 나타나 뜯어 말리기 시작했다. 여태 관심도 없던 자식들이다. 그래도 그는 시위대에 계속 참석할 것이다. 늙고 기력 빠진 자신을 아무도 챙기지 않는데 지팡이라도 짚고 나가보니 이런 어르신까지 나왔다고 환호를 한다. 인터뷰도 해주고 유투브에도 나왔다. 애국 시민이란 명칭으로. 여기 사람이 있다······

S# 11.

1호차 들어가십니다. 지금 도착하셨습니다. 검정색 양
복을 입은 중년 남자들이 일사불란하게 움직이며 천천히
움직이는 차량을 따라 이동했다. 차는 아주 부드럽게 건물
동쪽 측면 대형 유리문 앞에 정차했다. 그 중 누군가가 조
수석 뒷자리 문을 열었고 거기서 양복을 입은 중년과 노년
의 중간 언저리 연배의 남자가 내렸다. 또 다른 몇 몇이 그
의 곁을 에워싸고 건물 안쪽으로 들어갔다. 사격을 시켜봤
자 노안으로 맞추지도 못할 늙은 경호원들이 우르르 따라
들어갔다. 1호 차에서 내린 사람은 만세 교회 신이지 목사
였다.

"우리 주님은 죄 많은 곳에 은혜가 있다고 하셨습니다. 여러분이 예수를 믿으시면 죄로 인한 사망의 골짜기에서 건져지는 것입니다. 이 사실을 믿으시면 아멘 하시기 바랍니다."

"아아메엔."

사람들이 복창했다.

성탄절이다. 대한민국에서 제일 큰지는 모르겠지만 하여튼 꽤나 큰 만세 교회로 많은 사람들이 모여들었다. 명동과 서울시청 앞을 방불케 하는 빛나는 트리와 대부분 전공자들로 채워져 들어줄만한 성가대의 크리스마스 캐롤과 대형 스크린으로 볼 수 있는 영상까지 참으로 휘황찬란하다. 그곳엔 사람들이 있다. 그것도 아주 많이. 그리고 정치인들이 있다. 죄 많은 곳에 돈이 있다. 그리고 거기에 표가 있다.

그 교회 장로인 △△△의원은 교회 입구에서 귀여운 토끼 모자를 쓰고 신도들에게 인사를 했다. 모자는 너무 귀여웠지만 다 늙은 그는 안 귀여웠다. ▱▱▱의원은 루돌프 헤어밴드를 하고 아이들에게 사탕을 나눠주었다. 국회에선 사납게 싸우던 그가 아이들과 부모들 앞에선 방실방실 웃었다. 자기 권좌에 욕심을 갖지 않는 자 앞에선 얼마든지 재롱을 떨었다. 표 있는 곳에 은혜가 있었다. 요즘 정치인들 행실은 좀 방정맞다. 정치가 가벼워진다 해서 국민의 삶이 가벼워지진 않는다. 그래도 정치인들이 친근감 표시로 그렇게 행동한다는데 뭐라 하겠는가. 웃는 얼굴에 침 못 뱉듯이 군림하는 것보다야 낫겠지. 어차피 등 뒤에서 군림하겠지만.

정치인들이 서 있는 복도 벽에는 누가 갖다 바쳤는지 커다란 족자가 걸려있다. '여호와는 나의 목자시니 내게 부족함이 없으리로다.' 그곳엔 뭔가 항상 부족해서 '주시옵소서!'를 외치는 사람들이 너무 많았다. 그 누구도 여호와로는 만족을 못하는 것 같은데도 사람이 몰리고 전도가 되는 것을 보니 역시 능력의 하나님 맞는가보다.

같은 당끼리는 별 탈 없이 웃으며 예배도 봤다. 만세 교회는 워낙 대형 교회라 많은 정치인들의 인기 장소였다. 신이지 목사는 말이 목사지 하나님 섬기는 것과는 무관해 보이는 정치 목사였다. 그곳에 하나님이 계신다면 저렇게 많은 권모술수에 능한 정치인들이 올 리가 없다. 회개와 무관한데 무슨 하나님인가. 특정 교회가 특정 정치인 정당만 지지하는 것과는 달리 신이지 목사는 사해동포주의로 전도했다. 예수님을 전도한다기 보단 예수를 앞세워서 만세 교회를 전도했다. 참 똑똑한 사람이었다. 1부 예배가 다함께당이 대세라면 2부 예배는 정구당이었고 3부 예배는 국사당, 뭐 이런 식이었다. 그 교회 모토가 '안정'인 것 같았다. 언제나 여당편인 그 교회는 정권이 바뀌어도 별 탈이 없었다. 때마다 철마다 국가를 위한 조찬 기도회에 신이지 목사가 항상 불려 다닌 것만 봐도 얼마나 안정적인 경영을 하는지 알 수 있었다. 선거를 앞 둔 시점이다. 신이지 목사는 장로 정치인들을 포함해 미래에 한 자리할 것만 같은 정치인들까지 모두 하나하나 일으켜 세워 신도들에게 인사시켜 주었다. 또박또박 이름도 불러주었다. 가끔 라디오에서 무슨 광고를 들으면 광고음은 신나고 흥겨운데 뭘 광고하는지 모르는 경우가 있다. 회사 이름이 너무 외국스럽거나 이제 막 생긴 회사라면 더더욱 알아먹기 힘들었다. 비싼 돈 내고 왜 그런 효과 없는 광고를 하는지 신이지 목사는 이해할 수 없었다. 어느 멍청한 놈이 저따위로 광고를 하나, 자기한테 부탁하면 훨씬 잘 할 수 있겠다 싶었다.

그는 확실히 어느 의원인지 이름과 당명을 또박또박 밝히고 자막을 넣게 하고 대형 스크린에 뜰 수 있도록 마련해 두었다. 그의 타이틀은 목사인데 방송과 홍보의 달인이었다. 이쯤 되면 사람이 아니라 신이지.

하나 ---------

방망휘는 애통했다. 이혼한 것도 서러웠고 자식이 아예 곁을 떠나 잃어버린 것과 매한가지가 된 처지도 서러웠다. 전두환 시절 혜택 받는 가정에서 별 어려움 없이 곱게 성장한 그녀가 입에 상스런 욕을 올려가며 센 척 살아가야 하는 것이 서러웠다. 이 찬란한 성탄절에 교회가 아니면 마음 붙일 곳 없는 것이 서러웠다. 욕쟁이 행동대장으로 살라고 부모가 자기를 키우진 않았을 텐데 그녀는 욕쟁이 전사가 되어 온갖 분노를 뿜어대며 살고 있었다. 맨 앞줄에서 약간 뒤에 앉은 그녀는 고개를 숙이고 두 손 모아 기도했다. 자기를 버리고 간 남편이 뒈져 죽기를, 그의 상간녀가 쳐 맞아 죽기를, 연연회 회장 자리를 노리는 모든 이들이 나가 떨어지기를. 시편에서 다윗이 저주하는 대목만 따서 자신의 기도에 보태고 있었다. 예배 시작 전 간주에 맞춰 다들 고개 숙이는 의식에 그녀는 그렇게 참여하고 있었다.

둘 ---------

뒷줄에 배찬성이 앉아 있다. 하나님은 살아서는 절대 볼 수 없는 존재라고 목사는 말했다. 그러니 살고 싶은 배찬성은 하나님 볼 생각을 하지도 않았다. 그렇지만 가끔은 싱싱한 배추처럼 건실했던 자기 아버지를 꿈에서라도 보게 해 달라고 기도했다. 하나님, 저는 숟가락만 들고 다니지 않았습니다. 제가 직접 상다리를 만들고 나물을 캐고 농사를 지었습니다. 이제 나이 들어 힘든 저에게도 다 차려진 밥상을 주시옵소서.

그때로 되돌릴 수는 없겠지만 그 시절 배찬성 아버지가 그에게 제공해준 안전함과 넉넉함을 제공해 달라고 간절히 기도했다. 숟가락 얹기에만 급급한 인간들이 너무 많은 정치권에서 자신만큼 정직한 노동자가 어디 있으랴. 그는 정직의 하나님, 진리의 하나님이 밥상까지 들고 나르는 자신에게 산해진미 가득한 밥상을 내려주길 간절히 기도했다. 돈만큼 안전한 것도 없지만 차마 교회에서 하나님 아버지, 돈을 주시옵소서 이렇게 외칠 순 없으니 자신의 삶이 넉넉해질 수 있도록 '넉넉하게 넉넉하게'만 외치며 기도를 했다.

거룩한 예배 시작을 알리는 종소리가 울렸다. 가운데 깔아 놓은 빨간 카펫위로 신이지 목사가 목사 가운을 펄럭이며 걸어 들어왔다. 대형 교회 분위기 때문인지 꽤나 포스가 느껴졌다. 국회의원도 목사 앞에서 예의상 쪼그라들었

다. 정치 목사의 설교를 하나님 말씀으로 받아 듣는 뒷줄 신도들 말고, 앞줄에 초빙되어 앉아 있는 정치인과 그 언저리 사람들은 저 펄럭이는 목사 가운이 탐났다. 자기보다 학벌도 낮고 잘난 것도 없는 목사에게 수많은 신도들이 굽실거리는 것도 부러웠다. 만에 하나 일이 끝끝내 잘 안 풀리면 목사를 해도 괜찮겠다는 생각이 들었다. 뭐만 하면 득달같이 달려드는 정치보다 뭐를 해도 만세 삼창하는 종교가 나은 것 같기도 했다. 다 같이 기도합시다, 이제 기도하겠습니다 라는 말이 나올 때마다 사타구니 쪽으로 머리를 쳐박고 어떻게 하면 정치를 종교화 시킬까 궁리를 했다. 자신이 무슨 얘길 해도 옳소를 외치고 어떤 범죄를 저질러도 변명과 방어를 해주는 광신도가 있다면 정말 수월할 것 같았다. 예수의 모습대로 살지 않아도, 성경 말씀 그대로 실천하지 않아도 주님 대접을 받고 있는 목사들이 정치인들은 너무나 부러웠다. 본분을 지키지 않는데도 박수를 받고 추앙을 받는다니 이건 정치보다 나은 것 아닌가. 앉아 있는 정치인들은 각자 다 다른 셈법으로 정치를 하지만 교회에 앉아 있을 때만큼은 이런 생각에서 일치했다. 교회를 벤치마킹해야겠다는.

도대체 공부도 못하고 자기보다 잘 생기지도 못한 놈들이 어떻게 저런 추앙을 받을 수 있을까. 모든 신학교에서 저 모습을 기대하며 학생들이 대기하고 있을 걸 생각하니 정치랑 매우 흡사한 것 같았다. 하나밖에 없는 의자에 앉기만 하면 신이 되는 것도 똑같고 대기하고 있다고 모두 순번대로 그 자리에 앉는다는 보장이 없는 것도 똑같았다.

자기네 정치인들보다 뭐하나 더 나은 게 없어 보이는 목사들이었다. 그런데 딱 하나의 이미지 때문에 저런 대접을 받는다고? 보이지도 않는 하나님 때문에? 설령 그 하나님이 계신다 하더라도 그 하나님은 지금 저 목사들에게 '나는 너희를 도무지 알지 못하노라' 할 것 같다. 왜 세상에서 왕 노릇하며, 왜 세상에서 고관대작을 특별대우하며, 왜 고급 승용차를 타며, 왜 어려운 사람들에게 헌금을 받고, 왜 아랫사람 시켜서 하는 사회봉사에 생색을 내느냐……

로마 교황 같은 포스로 이 대형 교회에서 한 명의 반대자도 없이 찬양을 받으며 군림하는 신이지 목사의 모습은 이곳에 참석한 정치인들에게 많은 영감을 주었다.

셋 --------
지금은 시즌이 시즌인지라 자신한테 차례가 오지 않을 걸 알고 있는 나도해는 중간 줄에 조용히 앉았다. 유명인사

가 많이 오면 목사 장로 집사들이 그들을 챙기느라 정신이 없었다. 무엇을 얼마만큼 더 해내야 맨 앞줄에 앉을까. 맨 앞줄에 앉는 가장 효과 빠른 방법이 뭘까. 고개를 숙이고 두 손 모아 생각해 본다. 공천권을 쥐고 있는 자에게 간 쓸개 다 빼주고 시의원 자리를 꿰찰 것인지 아니면 신학교를 가서 목사 안수를 받아 아예 강대상 앞에 설 것인지 곰곰이 생각해 본다. 후자가 더 편할 것 같다. 지금까지 교회 목사 장로들과 잘 지냈으니 신학교 가는 것은 별 어려움이 없을 것 같다. 새해가 되면 신학교를 알아봐야겠다. 광신도들 앞에선 목사가 짱 먹는 세상 아닌가.

머리에 피도 안 마른 그 나이 어린 변호사에게 하나님의 심판이 가해지길 기도했다. 자신의 머리를 고문처럼 밀어버렸던 그 개새끼들도 얼른얼른 데려가 주십사 기도했다. 착하고 순진했던 자기 아버지 머리 위에 군림했었던 모든 교활한 늙은이들이 행려병자로 죽길 기도했다. 용서의 하나님이기도 하지만 심판의 하나님이라고도 하니 그는 그 하나님의 심판이 그들에게 임하길 간절히 기도했다.

넷--------

부목사가 반갑게 맞았다. 그동안 자주 오지 못해 너무
나 죄송하다 말했다. 자주 오지 못해 죄송한 대상은 하나님
이 되는 것이 맞는 것 같지만 부목사는 하나님 동의 구하는
걸 잊은 채 쾌히 용서해줬다. 얼마나 바쁘시겠습니까, 오지
못하셨어도 다 이해합니다, 하나님이 어디 교회에만 계시
겠습니까, 우리 마음이 곧 하나님 성전이지요. 부목사는 자
신의 가슴을 두드리며 인사를 했다. 김일봉은 가끔 그 교회
에 갔다. 아내가 준비한 헌금을 들고.

그는 고개를 휘휘 둘러 위아래를 살펴봤다. 혹시 구
설란이 와 있나 보는 것은 아니었다. 그는 이미 그녀를 잊
었고 그 시절 순수도 잊었다. 김일봉은 어떤 의원이 와 있
고 어떤 출마예정자가 와 있으며 어떤 연락책이 와 있는지
눈으로 대략 스캔하는 일에 정신이 없었다. 아는 얼굴도 있
었고 얼굴은 낯선데 온갖 장로와 부목사가 아는 체 하는 인
물들도 있었다. 그의 사정권내에 빠르게 40명 정도의 인물
이 포착되었다. 학창 시절 암기가 안 돼 골머리를 앓았는데
사람 얼굴 외우는 건 기막히게 잘 됐다. 세상 살아가는 머
리가 따로 있나 보다.

사람들이 모두 고개를 숙이고 기도한다고 해도 그는 고

개를 숙이지 않았다. 그냥 눈만 감고 있었다. 자신의 잘난 모습을 보여주는 것이 은혜라는 아내의 말에 습관이 됐는지도 모른다. 하나님께 기도할 제목을 잘 간추려 놓으라 목사들은 말했지만 그는 기도할 제목이 없었다. 기도를 하지 않아도 전지전능한 하나님이 다 채워주시나 보다.

다섯 --------

몇 년 동안 움직일 수도 없고 움직이기도 싫었는데 오빠들 손에 이끌려 교회에 나와 앉았다. 고개를 들기도 싫은데 고개 숙이고 기도하라 하니 그냥 그 자세로 멈췄다. 그런 사람들이 생각보다 많았다. 밖은 춥고 안은 상대적으로 뜨듯하니 몸이 나른하게 풀린 사람들이 대게 그랬다. 그들은 박수 소리에 가끔 잠을 깼다. 장사인은 잠을 자는 건 아니었다. 용케 살아남은 오빠들 덕에 살고는 있지만 사는 게 사는 게 아니었다. 하나님, 제가 뭘 잘못했습니까. 저는 아이들 데리고 남편을 섬기며 착하게 산 것밖에 없습니다. 없는 집에 태어나서 고생도 많이 했습니다. 그래도 원망하지 않고 성실히 살았는데…… 왜 이런 시련을 저에게 주십니까. 그녀는 울었다. 잠자는 신도들 중에서 단연 신실해 보이는 모습이었다.

목사가 뭐라 떠들어도 그녀 귀에 들어오지 않았다. 오

빠와 올케가 옆에 있지 않았다면 일어나 나갈 뻔 했다. 그런데 그 순간 몇 구절이 귀에 들어왔다. 하나님은 과부와 애통한 자를 사랑한다는 얘기였다. 애매히 받는 고난을 잘 참고 이겨낼 수 있도록 주님이 동행하신다고도 했다. 인간의 죄를 사하려고 예수가 태어났고 구원을 위해 죽으셨다는 말은 귀에 들어오지 않았다.

장사인은 지금 자신이 받는 애매한 고난이 너무 억울했다. 그러나 이걸 이겨내도록 예수라는 사람이 함께 한다니 뭔가 잃어버렸던 열쇠고리를 발견한 느낌이었다. 눈을 들어 하늘을 보는 대신 주변을 둘러보았다. 멋진 양복을 입은 중년의 남자들도 많이 보였다. 점퍼만 입고 돌아다녔던 남편보다 훨씬 세련돼 보였다. 키가 큰 남자들도 많았다. 아내가 없나, 대부분 혼자서 앉아 있거나 혹은 교회 신도들을 인도하거나 했다. 목사는 복을 주시는 하나님이라고도 했다. 룻이라는 과부가 권력자에게 사랑을 받고 재혼을 해서 서러움을 한 방에 날렸다는 목사의 얘기도 장사인을 솔깃하게 만들었다.

학교운영위원회 위원이었고 부동산협회 ◎◎지부 얼치기 총무였고 예쁘고 말 잘하는 자신이 다시 복을 받을 수 있을 거라는 믿음이 생겼다. 보톡스도 약간만 더 맞으면 자신은 완벽한 여자인데…… 이혼도 아니고 사별인데 누가 자기에게 돌을 던지랴. 장수 국가 대한민국에서 섹스 없이 홀로 늙어 죽는다는 것은 끔찍하다. 아, 이러한 깨달음을 얻게 하려고 오늘 나를 교회로 이끌었나…… 장사인은 가슴이 울컥했다. 보는 것이 믿는 것이다. 그녀의 눈엔 남편보다 더 많은 권력이, 남편보다 더 많은 돈이, 남편보다 더 기운 좋은 남자들이 눈에 들어왔다.

교회를 들어올 땐 올케의 부축을 받으며 들어왔지만 나갈 때는 두 발로 걸어 나갔다. 하나님의 기적 같은 치유가 그녀에게서 일어나고 있었다.

여섯 -------

아내의 태교를 위해 성탄절에 교회를 찾았다. 우민화 기자 눈에는 교회가 예전만 못한 것 같았다. 자신이 어릴 땐 사회 전체가 크리스마스 분위기로 들썩였는데 요즘은 타 종교에 대한 배려인지 아니면 캐롤 저작권 때문인지 이전과는 사뭇 달라 보였다. 그래도 아내를 위해 계절 행사는 해주고 싶었다. 봄에는 연등행사를, 여름에는 머드 축제를, 가을에는 산사 음악회를, 겨울에는 크리스마스 행사를. 그렇게 찾아온 교회에서 그는 아내보고 자리에 좀 앉아있으라 하고 익숙한 얼굴을 찾아 명함을 돌렸다. 기자라는 타이틀을 보는 순간 태도들이 바뀌었다.

전 ✍✍✍ 기자라는 타이틀을 큼지막하게 써 넣었기에 우선은 그 글자만 보는 사람들에겐 효과가 좋았다. 아는 놈은 알고 있어서 뒤에 붙은 익숙지 않은 언론 이름에 이내 고개를 돌리는 싸가지 없는 인간들도 있었다. 그렇지만 그런 바보를 빼고 나머지는 대체로 우호적이었다. 우기자는 연대의 힘을 안다. 작은 언론사도 뭉치면 나름 만만치 않다는 것을. 그것까지 알고 미꾸라지 사이비 기자들을 풀어 조직을 와해시키는 질 나쁜 정치인들도 많다.

오래 전 운전면허 시험장 근처에서 현란한 손놀림으로 사람들을 미혹시키는 야바위꾼들처럼 저질 정치인들도 꽤 많이 보였다. 어렵게 찾을 것도 없었다. 맨 앞줄에 앉아있을 테니. 그 옆에 가방 들고 다니는 사람이 누군가만 파악하면 된다. 두더지 게임처럼 그들은 여기저기서 이 의원 저 의원 갈아타며 자꾸 출몰했다. 가끔은 그들 중 몇 명이 기자가 됐다, 위원이 됐다, 사장이 됐다 하며 나타나니 기억해 둘 필요가 있었다.

성가대에서 할렐루야 합창을 부르기 시작했다. 오랜만에 들어보는 성가였다. 오래전에 초등학교 짝이 자기가 다니는 교회에 가자고 해서 따라갔었다. 조그마한 두 손을 모으고 희망사항을 얘기하면 그 소원이 이뤄진다 했다. 우기자는 그때 우리 식구 모두 재미있게 살게 해달라고 기도했다. 그 기도는 바로 이뤄졌었다. 그날 저녁 아버지가 케익과 통닭을 사왔고 어머니가 장난감을 사왔다. 통닭과 장난감으로 충분히 인생이 행복할 수 있는 시절은 너무나 짧았다. 그리고 오랫동안, 아니 지금까지 그 소원은 이뤄지지 않고 있다.

지옥 같은 입시를 뚫고 들어간 대학은 무기력하기 짝이 없었고, 어느 방향이든 이미 기득권이 똬리 틀고 앉아 있었으며, 각 분야에선 천재가 넘쳐나고 있었다. 옛날에 황장엽 서기장이 그런 말을 했었다. 저 위쪽에선 한 놈만 죽어라 자기 혼자 천재라고 떠들어 골치 아팠는데 이 남쪽으로 내려와 보니 여긴 자기가 천재라 우기는 사람이 왜 이렇게 많냐고. 그 말이 맞다고 우기자는 생각했다. 공부만 하면 천재였던 세상에서 공부만 하면 바보가 되는 세상으로 바뀐 지금 우기자는 바보가 되지 않기 위해 최선을 다하고 있다. 기도 대신 생각하는 중에 성가가 마무리 되고 있었다. 할렐루야 아아멘.

일곱 --------
이 교회 화장실은 그렇게 많은 사람들이 들락날락거리

는데도 참으로 깨끗하다. 김집사였다. 많이 늙어 있었지만 예전에도 교회 청소를 하던 그 아주머니였다. 지금은 아주 머니 쪽 보다 할머니 쪽에 더 가깝다. 인사를 하려고 했으나 청소에 열중인 그녀는 구설란을 바로 알아보지 못했다. 사람들은 청소하는 그녀를 김집사님이라는 호칭으로 불렀다. 누가 그녀에게 딱히 말을 걸지도 않았고 그녀 역시 누군가에게 말을 시키지도 않았다.

오래 전, 교회가 붐비지 않던 평일 저녁 우연히 교회 화장실에서 만난 김집사는 화장실 제일 끝 창가에서 두 손을 모으고 기도를 하고 있었다. 소변이 아주 급하지 않았던 구설란은 조용히 화장실 밖으로 나왔다. 괜한 오줌소리로 그녀의 기도를 깨고 싶지 않았다. 오줌보가 터지기 일보 직전 들어가 보니 그녀는 이미 복도 청소 중이었다. 조용히 흥얼거리며 걸레질을 하고 있는 그녀 뒤쪽 창가에서 고운 불빛이 들어왔다. 나 같은 죄인 살리신 주 은혜 놀라와 잃었던 생명 찾았고 광명을 얻었네…… 그녀의 낮은 노래 소리가 화장실 속으로 퍼져갔다. 아르바이트생들에게 함부로 대했던 사장에게 크게 야단을 맞고 힘든 마음에 찾아갔던 교회에서 구설란은 그렇게 처음 김집사를 만났다.

그때의 김집사나 지금의 김집사나 똑같다. 그녀는 자신의 화장대를 닦는 것처럼 화장실 선반을 닦고 있었다. 구설란이 들어가자 김집사는 수줍게 인사하며 바로 나갔다. 김집사는 2층 맨 왼쪽 끝에 앉아 기도를 하고 있었다. 구설란은 그녀가 잘 보이는 옆 줄 대각선 자리에 앉았다. 4부 예배가 곧 시작할 시간이었다. 4부 예배에 참석한 구설란과 3부 예배에 참석한 김일봉은 시차를 두고 교회에서 비켜갔다. 두 사람의 인생과 비슷했다. 안 만났으니 다행이긴 한데 언제까지 안 만날 수 있을지는 미지수였다. 동종 업종에 종사하는 사람들이라……

구설란을 치사하게 사귀다 더럽게 배신 때린 놈이 그렇게 근사하게 보이는 중년의 신사, 김일봉이라는 생각은 아무도 하지 못했다.

예전에 여기서 눈물도 많이 흘렸고 세례도 받았다. 경제적 어려움 때문에 기도도 많이 했었다. 예배가 끝난 후에도 김일봉과 나란히 앉아 기도를 했었다. 기도는 땅에 떨어지는 법이 없다 했으니 언젠가는 분명 응답이 있을 거라 믿었다. 응답이 오지 않을 때 구설란은 나보다 더 급한 사람들이 많은가보다 하고 생각했었다. 조용히 순서를 기다리면 자기 차례가 올 거라 믿었다. 그런데 언제부턴가 순서가 많이 밀려있나 하는 생각이 들기 시작했다. 이 나이를 먹고 보니 가만히 앉아 기도만 하는 자에게 감이 떨어지지 않는다는 걸 깨닫게 되었다. 장대를 들고 나무를 흔들거나 쳐대야만 내가 먹을 감이 떨어진다는 것이 하나님의 섭리라는 생각이 들었다. 내가 하는 일은 너희도 능히 하리니…… 그보다 더 잘할 수 있다는 성경 구절을 비타민 삼아 적극적으로 흔드는 것이 옳다고 생각됐다.

치열한 세상 경쟁에서 전투를 하고 승전보를 울리던 자들이 교회에 와서만큼은 쉬고 싶어 하고 내려놓고 싶어 했다. 그리고 세상의 경쟁에서 밀려난 자들은 그 틈을 타서 교회에서 한 자리 차지하고 행세하려 들었다. 물론 정치인들은 세상이나 교회나 매한가지였다. 만세 교회에서 바뀌지 않은 단 한사람은 화장실 청소하는 김집사 한 명인지도 몰랐다.

메시아 합창단의 코러스에 맞춰 성탄절 찬송가가 울려 퍼지고 있었다.

여덟--------
합창단 연습에 일찌감치 나왔다. 성탄절이라서 그런지

평소 때보다 사람들이 많았다. 북적이는 복도를 피해 서쪽 후문으로 들어갔다. 연습실에는 이른 시간임에도 전원이 나와 있었다. 피기만은 성가대 가운으로 갈아입었다. 그녀가 갖다 주었다. 앞줄, 뒷줄에 나란히 서서 화음을 맞췄다. 피기만이 지금 현 상황에서 가장 위로를 받고 있는 인물이 그녀이다. 그녀가 아니면 지금의 상황을 견뎌내지도 못했을 것이다.

네 명이 죽어서 하나님 심판대에 섰다. 다들 하나님의 상급을 기다리고 있었다. 한 명은 목사요 또 한 명은 장로요 나머지 한 명은 그냥 일반 신도였다. 그리고 아무도 모르는 사람이 하나 있었다. 하나님은 아무도 모르는 사람에게 거나한 한 상을 차려주고 그동안 살아온 생을 칭찬해 줬다. 일반 신도에게는 한정식을 푸짐하게 내어줬다. 장로에게는 탕수육 한 접시를 내어줬다. 장로는 섭섭한 마음에 하나님께 항의했다. 하나님, 왜 쟤들에겐 저렇게 많이 주시고 저에겐 고작 탕수육 한 접시입니까. 그랬더니 하나님께서 말씀하셨다. 너무 섭섭해 말거라. 너희 목사는 지금 짜장면 배달 갔느니라.

피기만은 너무 답답하고 서러워 마음 둘 곳이 없었다.

빈 집에 홀로 앉아 TV채널을 여기 저기 돌리다가 무슨 종교 방송에서 채널 돌리기를 멈췄다. 어느 목사가 웃기는 얘기를 하고 있었다. 목사 입장에선 쉽지 않은 웃기는 얘기였다. 누군가. 저렇게 겸허한 자세로 웃기는 얘기를 하는 사람이. 그는 가까운 동네 대형 교회에 나갔다. 가까워서 간 교회긴 한데 하나도 웃기지 않았다. 마음을 다스려야겠는데 웃음치료만 한 것도 없었다. 텔레비전에서 웃기는 얘기를 하던 목사가 운영하는 교회는 어딘가. 생각보다 멀었다. 생각 없이 들어갔던 동네 만세 교회에서 그냥 나갈까 말까 고민하고 있었는데 처음 오셨냐고 상냥하게 묻는 여자가 있었다. 그녀가 합창단원이였다.

홀어머니를 모시며 피아노 학원을 운영하는 여자였다. 오래 전 파혼을 했고 그 이후로 결혼하지 않고 사는 여자였다. 피기만은 처음으로 안식을 느꼈다. 아내와 있을 때의 그러한 긴장감이 없었다. 교회에 와서 그녀를 만나면 어릴 때 읽었던 동화를 마주한 느낌이 들었다. 그는 그것이 주님이 주는 안식이라 생각했고 주님이 주는 평안이라 생각했다. 적어도 예배를 드릴 때는 그렇게 생각했다.
교회만 가면 그런 생각이 드니 그런 줄 알았다. 교회 밖 식당에서 만났을 때도 평안을 느끼는 자신을 발견하며 마음의 안정감이 교회와 무관하다는 것을 깨달았다. 피기만은 처음으로 그리움이라는 것을 느꼈다. 혼자서 교회에 나갔고 얼마간 조용히 혼자서 다니니 아무도 그에게 함부로 가정사를 묻지 않았다. 어찌하다 보니 그는 혼자인 남성처럼 인식되었고 그렇게 그녀와 편하게 노래를 불렀다. 교회가 좋았다. 노래도 있고 여성도 있으며 밥도 줬다. 피기만은 드디어 자신의 안식처를 찾은 것 같았다. 자신이 어디를 가든 어디에 있든 가족이라는 이름이 달린 사람들은 관심이 없었다.

간혹 왕회장만이 안부를 종종 물었고 그는 그때마다 직접 운전해 왕회장을 시위대 사이로 모셔다 드렸다. 그에게는 이렇게 형성된 새 가족이 나았다. 부모처럼 모셨을 때 왕회장은 그에 상응하는 대접을 해 주었고, 긴장하지 않고 밥도 먹고 이야기도 나누는 그녀가 아내보다 훨씬 평화로웠다. 피기만의 마음 상태로 보면 아무도 그에게 돌을 던질 수 없을 것 같은데 모두가 돌을 던질 현실이었다. 이 나라 법은 마음과 상관없이 움직이니 보기에 따라선 피기만은 가족을 기만하는 놈처럼 보일 수도 있었다.

그는 이제 처음으로 성경을 그녀와 깊이 있게 읽으며 기도하는 법을 배웠다. 하나님과의 관계를 단단히 하는 방법과 소통하는 법도 배웠다. 그녀는 그가 홀아비인줄 알고 있었고 그에게 측은지심을 가지고 있었다. 피기만이 그녀를 대하는 마음은 진심이었지만 그가 처한 현실은 진실이 아니었다. 피기만은 여전히 법적으로 유부남이었고 한 명의 아들을 둔 아버지였다.

화음을 맞추고 눈빛을 맞출 때마다 그의 기도는 더욱 간절해졌다. 그의 기도가 합당한 기도인지 아닌지 지금은 판단할 시기가 아닌 듯하다.

아홉--------

만세교회 성탄절 하이라이트는 ○○○의원이었다. 그녀는 신이지 목사의 구세주였다.

노회에서 대형 싸움이 났고 신이지 목사가 얼마를 해먹었네 안 해먹었네 하는 문제로 충돌이 일어났다. 젊은 집사들이 성명서를 냈고 몇 몇 언론도 붙었다. 대한민국 종교의 문제는 스타카토나 스포르잔도로 종결되는 법이 없었다. 언제나 크레센도였다. 뭔 줄기인가 잡아보면 온갖 줄기 넝쿨에서부터 시작해 너구리 족제비 곰 한 마리까지 딸려 나오는 구도였다. 처음엔 돈 문제로 시작하더니 교회 세습 문제로까지 번졌다. 교회 돈으로 일본 온천여행 다녀온 몇 몇 할머니 권사들이 뭉쳤다. 일요일 아침마다 비싼 양복을 입고 맨 앞줄에 앉아있던 특급 장로들도 뭉쳤다. 그들은

신이지 목사의 예비군이었다. 어제의 용사들이 다시 뭉쳤
다……

　○○○ 국회의원실로 연락이 갔다. 덮어달라고. 3선 의
원이 될 수 있도록 혁혁한 공을 세운 사람이 신이지 목사였
다. ○○○의원은 보좌관들에게 지시를 내렸다. 덮어!
　세금으로 일하는 국회 보좌관과 비서들이 하는 일들 중
엔 세금과 무관한 일들도 있다. 국민에겐 너무 큰 커넥션이
지만 정치권에서 볼 땐 푼돈이었다. 물론 그 돈을 모두 한
정치인에게 몰아주면 기적 같은 돈이긴 하다. ○○○의원
은 자신이 대통령감이 아니라는 걸 잘 알고 있었다. 대통
령 하겠다고 나서기엔 너무 많이 해먹었다. 자산도 국민들
이 용납할 수준이 아니었다. 그래서 오래도록 국회에만 머
물고 싶었다. 신이지 목사를 통해 제공되는 광신도들은 ○
○○의원에게 꽤 쓸모가 있었다. 정치인들은 국민들을 개
나 소에 비유하지만 ○○○의원은 그렇게 보지 않았다. 그
들은 자신을 위해 아주 잘 달리는 사람들이었다. 정확히 말
하면 달리는 말이요 뛰는 개였다.
　자신은 그 말 위에 올라타서 달리고 신도들은 ○○○의
원을 괴롭히는 상대를 물어뜯어 주는 개였다. 그들 덕분에
고지를 점령하고 탈환했는데 안 도와줄 수가 없다. 불리한

기사가 나가면 그 반대의 허위 기사를 작성하고 논지를 흐리게 하는 조작을 하면 대부분 가라앉았다. 정치처럼 어려운 방법을 쓰지 않아도 일을 마무리 할 수 있었다. 일개 국민에게는 너무나 힘든 일들이 국회의원 한마디면 처리되는 세상인데 국민이 그 사실을 잘 모르니 다행이라 생각했다. 정치인 입장에선 국민이 뭘 자꾸 캐내고 알고 뭉치면 골치 아프다. 잘 덮어놔도 청국장처럼 냄새가 나긴 난다. 개 코처럼 냄새 맡는 자들을 다루는 방법도 의원은 잘 알고 있다. 아주 강한 냄새로 덮는 방법이 있다. 개와 말처럼 잘 달리고 온갖 분노로 다른 냄새를 덮어주는 광신도들이 있는 한 ○○○의원은 하고 싶은 만큼 의원을 할 수 있다. 권력은 없던 선(善)도 만들고 있던 죄도 없앤다.

신이지 목사는 ○○○의원을 특별 소개 했고 그녀가 그 지역에서 얼마나 많은 일들을 해왔는지 파노라마처럼 영상으로 펼쳐 보여줬다. 그녀가 얼마나 하나님을 잘 섬기고 있는지 얼마나 신실한 믿음을 가지고 있는지도 드라마틱한 영상 편집으로 보여줬다. 점심은 신이지 목사와 ○○○의원 단 둘이서 하기로 약속도 잡았다. 교회에선 저녁이 중요한 게 아니라 점심이 중요했다. 대빵 목사가 누구와 독대하며 밥을 먹느냐가 매우 큰 상징이었다. 한 해를 마무리하며 고마운 사람에게 인사하는 것이야말로 주님 뜻에 부합하는 행동이었다. 그들에게 즐거운 성탄절이다.

오늘은 만세 교회 사거리에서 집회가 열렸다. 성탄절이라 사람이 많다. 많아서 거기로 장소를 잡았다. 공연도 관객이 많아야 하지만 시위도 관객이 많아야 한다. 공연만 즐겁고 시위는 안 즐거울 것 같지만 요샌 그렇지 않다. 국민들이 둘 다 쇼로 인식하기 때문에.

왕연강은 구호를 따라 외치고 박수를 쳤다. 걸어 다니는데 별 문제가 없었지만 오래 있으려면 보조 의자가 있어야 했다. 워낙 노인들이 많다보니 이젠 보조의자를 대여해 주는 체계도 갖춰져 있었다. 정구당은 이래서 참 좋다고 왕연강은 생각했다. 사실 어느 쪽 시위대든 사람들이 모여 있으니 일일 영업하는 사람들도 많고 가게 홍보하는 사람들도 많다. 시위에 필요한 용품들이 당연히 비치될 수밖에 없다. 그런데 왕연강은 그 모두가 정구당에서 제공하는 것인 줄 안다. 건너편에 넘어가도 똑같이 있지만 그들이 상대편 진영으로 넘어가지 않으니 확인할 방법이 없다. 신문도 활자 큰 것으로 갖다 주고 눈을 찡그리며 휴대폰을 보고 있으면 부탁도 안 했는데 누군가 나타나서 어르신 제가 활자를 더 키워드릴까요 하며 제일 큰 사이즈 글자로 바꿔주었다. 자식도 나 몰라라 하는데 여기선 미리 알아서 챙겨주었다. 저들을 위해서 선거 때까지 살아 있으리라, 살아서 꼭 한 표를 보태주리라 왕연강은 생각했다. 그들이 왕연강이 왕년에 대한민국 산업전사요 조국 근대화의 첨병이라고 인정해줘서 대접해주는 건 아니었다. 한 표 한 표가 필요했다.

돌멩이 1kg이나 모래주머니 1kg이나 무게는 마찬가지다. 표를 줍자. 정치인이나 재벌은 일인당 다섯 표를 갖고 일반인은 한 표를 갖고 노인은 있던 표도 없애는 구조가 아니었기 때문이다. 누구에게나 다 똑같은 한 표, 그것이 중요했다. 조금만 수가 틀려도 각종 이유와 논리를 들어 배신을 때리는 젊은 것들보다 오히려 늙은이들은 의리가 있었다. 그리고 한 번 믿어주면 대체적으로 끝까지 의리를 지켰다. 논리가 필요 없었다. 애국이라는 기치 아래 모이라고 하면 모였다. 그것이 왜 애국이 되는지 묻지도 따지지도 않았다. 일단 나라부터 지키고 사람부터 살리자고 외치면 의심도 하지 않고 노인들은 무조건 옳소를 외쳐줬다. 대한민국 노인들은 고생을 많이 하고 살아왔기 때문에 어지간한 추위도 어지간한 더위도 다 참아냈다. 지저분하고 복잡한 길거리 환경도 잘 견뎠다. 그들 비위만 잘 맞추면 무조건적인 지지를 보내줬다. 과거 단순했던 사회에서 일방적으로 일만 했던 국민들이기 때문에 가능한 일이었다.

시위대 머릿수 늘리는데 이만한 효과도 없었다. 배우자나 자식이 안 해주는 위로의 몇 마디는 그곳 늙은이들의 마음속을 파고들었다. 정구당은 종교 시설에서나 봄직한 광적인 환호와 지지를 받았다. 아니, 이끌어냈다. 이 쉬운 걸 상대당은 잘 못해내고 있다. 죽도록 일만하다 늙어버린 노인들의 외로움과 서러움을 잘만 이용하면 빠르게 종교화시킬 수 있다는 사실을 정구당은 깨달았다. 국회의원들이 때마다 철마다 괜히 종교시설에 찾아가 기도하는 연기를 했겠는가. 사람은 목표달성을 위해 부지런히 배우러 다녀야 한다.

추위에 아랑곳하지 않고 구호와 박수를 보내고 있는데 도로 가운데서 차들이 미끄러지며 충돌 사고가 났다. 워낙 게걸음 속도라 사망자는 없을 것 같았다. 왜냐하면 거의 동시다발적으로 운전자들이 차에서 내렸기 때문에. 시위대 덕분에 경찰은 길바닥에 널리고 널렸다. 그 경찰들이 교통사고 쪽에 합류할 수 있을지 없을지 알 수는 없지만. 잠시 구호 소리가 멈칫했고 시위대는 도로 한 가운데를 바라보았다. 엉켜있는 차들과 웅성거리는 사람들과 손을 흔드는 경찰들 머리위로 하얀 눈이 쏟아지고 있었다. 저 풍경이 남의 일이다 보니 21세기 유화 한 점 보는 것 같았다. 왕연강에게 다중 충돌 사고는 남의 일이었고 사고 당사들에게도 시위대 구호는 남의 얘기였다.

건너편 시위대도 구호를 외치다 교통사고 현장에 시선을 멈췄다. 교통사고는 양쪽 진영 모두에게 일시적인 휴전을 가져왔다. 아주 잠깐, 5분도 채 안 되는 시간이긴 하지만. 구경꾼이 바뀌었다. 예측하지 못한 사건이 생기면 간혹 관심이 본질에서 벗어나 주객이 전도될 때가 있다. 이것을 아주 잘 이용하는 사람들이 여의도 둥근 지붕 아래 모여 있다.

극단적 지지는 합리적 중도의 표를 다 가져올 수 있다. 합리적 중도를 죽이는데 성공한 양쪽 진영의 소란한 구호는 쉼 없이 달려갈 것이다. 한 때 극중주의라는 신조어가 유행한 적이 있다. 뭔 소린지 모르겠는데 결국 아무 것도 해 내지 못하고 양쪽 극단주의자들에게 찔리고 쪼개져 장렬히 전사했다. 무능이 이유였는지도 모르겠다. 전쟁을 이해하지 못한 채 무장하지 않고 전투에 참여한 군인이 죽는 건 너무도 당연하다.

빤스만 입고 링 위에 오른 선수가 심판 없이 싸운다면, 한 놈이 죽어 나갈 때까지 싸우도록 한다면 그 경기가 고대 콜로세움에서 하던 노예 검투사 경기와 무엇이 다르단 말인가. 대명천지 민주 국가에서 이런 경기가 과연 문명인이 할 짓인가. 글쎄 사람에 따라서 재미는 있을 수도……

도로 건너편 상대 진영은 상대적으로 젊은이가 많았다. 너희만큼은 고생시키지 않겠다는 부모들이 낳아 키운 자녀들이다. 그런데 그 애들이 모여 있으니 저것들이 고생을 안 해봐서 배부른 소리나 한다고 질타를 한다. 소한에 설악산에서 산딸기 구하는 것보다 어려운 정규직과 아무리 일해봤자 원하는 집 한 채 살 수 없는 재정 상태와 서울이 아니면 원하는 인프라를 누리지 못하는 지역 현실, 그리고 교육과 성장의 어려움을 매일 체감하는 사회에서 외면할 수밖에 없는 출산의 문제까지 저 젊은이들에게 이 모든 문제는 너무나 큰 삶의 무게다. 그리고 양쪽 진영의 삶의 고통을 활용해 정치를 해보겠다는 참으로 입 가벼운 사람들이 섞

여있다. 상대를 욕하는 사이다 발언 한 방이면 떡상하는 게 정치인데 뭐가 두렵겠는가. 속상해서 나온 사람들이 정책 능력을 검증할 것도 아니고 행정 역량을 테스트 할 것도 아 닌데. 국회만 들어가면 못난 실력은 다 덮어지게 되어있다. 문제는 역량 없는 그들 아래 국민이 있고 그들의 무지한 행 정과 정책으로 국민의 삶이 좌지우지 되니까 그것이 문제 지. 더욱 더 큰 문제는 그 결과를 아무도 책임지지 않고 국 민들이 떠안아야 한다는 것이다.

저렇게 떠드는 입 가벼운 자들의 능력을 테스트 할 수 있는 방법이 아주 없는 것은 아니다. 원고를 보고 읽느냐, 보지 않고 말할 수 있느냐, 최소한 10분 이상 그 연설이 원 고 없이 가능한가. 본인이 정책을 알고 상황을 파악하고 대 안을 제시할 수 있을 만큼의 능력이 된다면 10분이 아니라 한 시간 이상이라도 원고 없이 말 할 수 있고 설득이 가능 할 것이다. 즉석에서 정책과 국가 경영에 대한 질문을 했을 때 얼마나 많이 알고 대답하는지 확인하는 방법도 있다. 그 런데 이러한 방법조차 시민들이 시도하지 않는다면 일차적 으로 국민이 능력 없는 뻥쟁이 정치 지망생들을 걸러낼 기 회를 잃어버리는 것이다. 이 시도를 막기 위해 또 얼마나 많은 권력 취준생들이 꼼수를 쓸 것인가. 막아내고 뚫어내고⋯⋯ 무슨 고지 탈환 전투 같기도 하다.

검게 썬팅한 세단이 사거리에 대기 중이다. 크리스마스 시즌이라 그런지 여기저기 화려한 불빛이 보였다. 스테인드글라스로 입구가 장식되어 있는 건물에 선명한 글자가 주변을 밝히고 있다. 만세 교회였다.

견금은 너무 서울에서 살고 싶었다. 서울 사람이 아니라서 더욱 그랬다. 옛날엔 서울 토박이가 서울에서 살았지만 지금은 성공한 자만이 서울에서 사는 것이라 생각했다. 그는 이미 강남에 집을 샀다. 그러나 매일 거기서 살 수가 없었다. 강남 집에서 살려면 합천으로 가 있어야 했다. 산의 정기를 받고 우주의 기운을 합천에서 모았다고 소문이 났는데 갑자기 서울로 올라와 살면 법사가 법사가 아닌 게 됐다. 몰래 서울로 올라가서 살다가 몰래 합천으로 내려갔다. 그리고 의원이 보내준 차를 타고 당당히 서울로 올라왔고 당당히 합천으로 내려갔다. 견금은 스스로 자신이 서울 사람이라고 생각했다. 아니 할 말로 요즘 서울 사람이 어디 있는가. 다 시골에서 기어 올라온 놈들이지. 그는 적어도,

최소한 명성황후 때부터라도 사대문 안에서 살던 사람들과 그 후손들만이 서울 사람이라 생각했다. 그게 아니라면 서울 사람이 아닌 것이다. 그러니 서울 사람이라 주장하는 사람들 모두 어차피 거의 다 서울 사람이 아닌 것이다. 딱 한 번 진짜 조상 대대로 서울에서 살아온 서울 토박이를 만난 적이 있었는데 그녀는 말이 달랐다. 말투가 달랐다. 표준말과는 사뭇 다른 말투였다. 표준말이긴 표준말인데…… 하여간 다르긴 달랐다. 눈치 빠르고 귀가 발달된 견금은 이제 서울말까지 간별 할 수가 있었다. 서울 것도 아닌 것들이 서울 사람 행세를 하다니. 견금은 이제 자기야말로 진정한 서울 사람이라고 생각했다. 어릴 때 말로만 들었던 서울, 그 한복판의 네온사인과 넘치는 사람들, 물건들은 이제 그가 맘만 먹으면 다 가질 수 있게 되었다.

옛날 쿠데타는 방송 장악이 우선이었는데 요즘은 서울 장악이 우선이다. 서울이 대한민국이고 대한민국이 서울이었다. 나머지는 주 메뉴가 아니라 깍두기요 단무지였다. 서울이 아닌 나머지 모두는 서울을 빛나게 해주는 보조 장식에 불과했다. 집도 회사도 공장도 대학도 모두가 서울 복판과의 거리가 얼마냐에 따라 가치가 평가된다. 왜 대구랑 가깝고 전주랑 가까우며 부산과 광주, 강릉과 제주와 가까운 건 의미가 제로거나 미미한가. 이 작은 반도 국가에서, 그

것도 절반이 쪼개진 현실에서 서울만이 정답이다. 대한민국 모든 행정과 재정이 이 사실을 입증하고 있지 않은가. 견금은 드디어 서울이라는 고지를 점령했다고 생각했다.

서울에 거처를 두는 건 다 당신들을 위한 일이라 했다. 너희 집은 다 서울 아니냐, 합천까지 오려면 시간도 걸리고 힘도 들고 하니 내가 서울에도 거처를 마련하겠다…… 견금이 서울 거처를 알아보겠다 하니 그들은 서로 자기 집 가까운 곳을 추천했다. 그들은 대부분 강남에 살거나 아니면 한강이 잘 보이거나 하는 곳에 살았다. 견금은 사찰 후원금이라는 명목의 통변 값을 가장 많이 내고 있는 사람들을 살펴보았다. 그리고 앞으로 잘 풀릴 것 같은 사람들도 사주를 풀어보았다. 여러 가지를 종합해서 선택한 동네에 거처를 마련했다. 산의 정기를 받고 우주의 기를 모은다는 자신의 첫 집에 비해 임시 거처라고 말하는 강남 집은 너무나 큰 차이를 보였다. 가격도 가격이거니와 최첨단 시스템에서 큰 차이가 있었다.

새로운 서울 거처는 보안이 철저했다. 집뿐만 아니라 동네 입구부터 CCTV가 아주 많았고 조용할 뿐만 아니라 서울 강남인데도 비교적 한적했다. 너무 비싸서 사람들이 안 오나? 상관없었다. 올 사람만 와 줘도 이제 견금은 충분히 먹고 살았다. 먹고 살 뿐만 아니라 아주 잘 살게 됐다.

눈이 날리고 있었다. 라디오에서는 12년 만에 성탄절에 내리는 함박눈이라 했다. 거리를 걸어다니는 젊은이들이 하늘을 보며 두 손을 펼쳤다 양팔로 몸을 감쌌다 하며 즐거워했다. 종종걸음으로 서둘러 걷는 중년들도 많았다. 라디오 MC는 화이트 크리스마스라며 캐롤을 틀어주었다. 꿈속에 보는 화이트 크리스마스······ 어렸을 때 매일 듣고 싶어했었던 노래였다. 그 노래가 나오는 때면 귀한 초콜릿도 먹고 빵도 먹을 수 있었다.

갑자기 쿵 소리가 났다. 여기서도 쿵 저기서도 쿵, 운전하던 마보살이 어쿠 소리를 질렀다. 도로가 미끄러워지면서 차량들이 부딪히며 엉켰다. 크리스마스 네온사인 좀 누려보겠다고 올라온 게 무리였나 하는 생각이 들었다. 고생할 만큼 했고 벌 만큼 벌었는데 이제 서울 사람이 된 자신이 좀 누릴까하니 사고가 났다.

"법사님, 접촉 사고가 난 것 같아. 나오지 말고 가만히 앉아 있어 봐요. 당신은 사람들과 엉키지 말고 거기 앉아 있는 게 좋겠어."

"그래, 그래. 그게 좋겠어. 당신이 알아서 처리해요."

견금은 거금을 주고 산 차가 찌그러지는 것보다 지금 자신이 서울에 있다는 사실이 알려질까 신경쓰였다. 그는 뒷좌석에 더 깊숙이 엉덩이를 디밀고 앉아 휴대폰을 열었다.

"오늘 몇 일이지? 아 크리스마스지. 지금 시간이 술시네. 오(午)일에 술(戌)시라…… 그러니까 천간이…… 어 이상하네. 오늘은 아무 일도 없어야 하는데……."

서울이 자신에게 맞는 방향은 아니라 생각했다. 그러나 성공의 상징이요 돈의 원천이 거기 있는데 이번에 가지 않는다면 들어온 운을 잡지 않는 바보가 되는 거라 생각했다. 나쁜 것도 비방을 써서 개운만 잘 하면 안 맞는 방향도 무탈하게 넘어갈 수 있다고 생각했다. 그동안 자신의 비방으로 얼마나 많은 정치인들이 위기를 넘어갔는가. 그들의 위기 극복 능력이 그들의 교활함에 있다는 사실을 견금은 몰랐다. 잔인함과 교활함으로 역경을 극복해온 역사다. 개인의 운은 국가의 운을 넘을 수 없다. 알고 있었지만 이미 견금은 스스로 국가의 운을 넘은 자가 되었다. 말 한마디에 사건이 바뀌고 이미 난 결론을 뒤집을 수 있는 국회의원,

그 국회의원을 쥐락펴락하는 그는 이미 법사를 넘어 지존이 되었다. 그런 견금도 어찌할 수 없는 하나, 마보살이 있었다.

모든 욕망 중에 으뜸인…… 마보살 없이 그동안 어떻게 살았나…… 산행으로 단련된 그의 육체는 아직까지 괜찮았다. 아니, 괜찮은 정도가 아니라 싱싱했다. 문제는 그가 싱싱하다는 것이 문제였다. 산과 우주의 정기를 세상으로 펼쳐내는 것이 아니라 견금의 가운데 토막으로 모이게 하는 것이 정말 문제였다. 여기에 딱 맞는 속담이 있다. 늦게 배운 도둑질에 날 새는 줄 모른다는……

일 년 단위로 끊어 보는 세운은 10월부터 카운트 하는 것이니 이미 새해가 시작된 거라 여겼다. 본격적인 운이 입춘 이후라 해도 마보살 운이 워낙 좋으니 괜찮을 거라 생각했다. 이제 10년 대운이 다시 시작되는 새해가 등장하니까 더 좋아져야 할 텐데……

그는 다시 시계를 본다. 강남집 대문이 무슨 방향으로 나 있었더라, 술(戌)시에 검은 색 차량이 안 맞는 거였나…… 크리스마스라 사람이 너무 많아 기가 탁해졌다고 생각했다. 그가 계속 생각을 거듭하고 있는 동안 도로엔 경찰과 사람들이 뒤엉켜 있었다. 견금은 겨울이라 이미 캄캄해진 밤에 좌석 옆 창의 차양막을 내렸다. 지금 그는 있어도 없는 사람이 되어야만 했다. 알 만한 추종자들은 모두 그가 지금 기도하러 열흘 동안 산꼭대기에 올라가 있는 걸로 안다. 이 강남 바닥에 무슨 정기가 있을 것이며 성탄절 네온사인의 불빛이 무슨 기가 되어 모을 수 있겠는가. 경찰이 뭐라고 하지 않는 한 그는 그 검은 색 세단에 앉아 있을 것이다.

사람들이 여기저기서 각자 사진을 찍고 전화를 하고 난리였다. 마보살이 창문을 두드렸다.

"내려서 증거 사진 좀 찍어봐요."

"지금 나더러 밖으로 나오라고?"

"아, 이 양반아, 내가 지금 경찰하고 얘길 해야 하잖아. 다른 차들도 다 옆 사람들이 사진 찍고 있구만. 얼른 내려요!"

"에이 씨, 뭔 난리래. 갑자기 눈은 왜 오는 거야. 재수 없게."

견금은 차량 뒷좌석에 놔두었던 털모자를 꺼내 푹 눌러 썼다. 그리고 비상용, 변신용으로 놔두었던 굵은 뿔테 안경

을 쓰고 차에서 내렸다. 그는 빨간 스포츠 점퍼에 파란 청
바지를 입고 있었다. 나이 차이 많이 나는 마보살에게 조금
이라도 젊게 보이고 싶었다. 나름 크리스마스에 어울리는
복장이었다. 방울 달린 털모자도 그렇고.

　마보살과 세 번의 겨울을 함께 보냈다. 그녀는 그와 궁
합이 아주 잘 맞았다. 돈만 남을 뻔한 인생이 돈도 남는 인
생으로 바뀌었다. 나이는 견금보다 훨씬 어렸지만 그녀는
카리스마도 있었다. 사찰 경영능력도 탁월해 작년 개조 공
사도 깔끔하게 마무리되었다. 그녀는 견금 인생에 스멀스
멀 들어와서 확실하게 자리매김하였다. 사찰 구석구석 그
녀가 안 살핀 곳이 없었고 그녀의 강력한 권유로 사게 된
강남집도 그녀의 손길이 안 닿은 곳이 없었다. 그리고 견금
몸도 그녀의 손길이 안 닿은 곳이 없었다. 견금의 재정도
견금의 거시기처럼 그녀의 손 안에 다 들어와 있었다. 그녀
의 성이 마씨라 사람들은 마보살이라 부르며 그냥 보살님들
중 한 명이라 생각했지만 견금과 단둘이 있을 때 견금은 마누
라 보살이라 불렀다. 참, 이게 운명인가 봐. 당신 성이 마씨인
게. 요 이쁜 마누라. 견금은 그녀의 엉덩이를 가끔 손끝으로
꼬집었다. 마누라보살……

"도대체 이게 뭔 난리야. 가만히 있는 사람 건드리네. 아 앗, 경관님 수고가 많으십니다."

견금은 신경질을 내며 차에서 내리다가 다가오는 경찰을 발견하고 인사했다. 올해 약간의 관재수가 있다 했는데 이걸로 액땜하나보다 그는 그렇게 사고가 난 차량들 가운데 서서 혼자 생각을 하고 있었다.

눈은 계속 내리고 차들은 뒤엉켜 있어 시끄러운데 시끄러운 건 도로 만이 아니었다. 이 시끄러운 도로를 사이에 두고 정치권 양진영이 서로 질세라 고성방가를 하고 있었다. 내용은 서로 물러가라는 것이었다. 맞는 말 같다. 양쪽 진영에서 짱 먹고 있는 대빵 둘은 일반 시민들이 엄두도 못 내는 그야말로 상상을 초월하는 죄를 지은 사람들이었다. 법이 정직하고 만민에게 평등하다면 당연히 구속되는 것이 마땅하다. 물러가라는 말은 맞는 말이다. 그런데 그 말을 서로가 상대에게 해서 문제지.

양쪽 진영 지지자들은 맹렬했다. 정치가 아니라 종교 같았다. 그 맹렬한 지지와 환호로 봤을 때. 이 눈 오는 성탄절 밤 메시아가 나타난다 한들 이렇게 열광적일 수 있으랴 싶었다. 열광적인 지지와 맹렬한 믿음은 대빵의 죄도 악행도 다 없앨 수 있겠다. 인간의 죄를 사하러 오셨다는 예수의 탄생, 그 탄생을 기리는 날에 인간이 인간의 죄를 다 없애주는 기적이 일어나고 있었다. 비록 자기 진영의 대빵만 사해주는 것이라 할지라도. 종교는 거룩하다.

민주주의 고지를, 대한민국 고지를 탈환해야 합니다! 풍전등화 같은 국운을 우리가 되돌려 놓아야 합니다! 저들 손에 놔 둘 수 없습니다! ⊠⊠⊠는 물러가라! 물러가라!

그렇게 성탄절 밤이 깊어가고 있었다. **

犬馬哥也

저자 약력

현대소설을 전공했다. 그런데 그것과 상관없는 일만 하다가 할머니가 되었다. 박사학위도 받긴 받았는데 써먹어 보지도 못했다. 먹고 사는데 급급해서 소설과 무관한 노동만 하다 이렇게 늙었다.

세상을 잘 모르지만 조금씩 보이는 일들에 대해 이야기하고 싶어질 때가 있다. 그 이야기를 적은 글이다. 이 책을 읽어주시는 모든 분들께 감사하다는 말씀을 드리고 싶다. 허구의 세계를 허구가 아닌 듯 쓰는 것이 소설이니 독자 분들이 편하게 읽어 주셨으면 한다. 이 책을 사주시는 모든 분들이 세상 온갖 복을 다 받으시길 진심으로 기원한다.

개마고지(犬馬高地)

초판 1쇄 발행 2025년 4월 30일

저   자 | 박원선
펴낸이 | 김주래
펴낸곳 | 두루 출판사

등록 | 396-95-02021
주소 | 서울시 용산구 효창원로 17
전화 | 010-8767-4253
전자우편 | kjla12@naver.com

ISBN 979-11-987424-7-6 03810
정가 18,000 원